# 十《と》坪《つぼ》のるつぼ

totsubonorutsubo
by Masami Togari

外狩雅巳

日本文学館

目次

# 十《と》坪《つぼ》のるつぼ

# 悔い無き青春

客の差し出す千円札を受け取ると小さく頭を下げてレジに向かう。左手に札を持ち、右手でレジスターのハンドルを押す。木製のレジスターの引き出しがギシギシッと軋みながら飛び出て来る音に隠れてチラッと売場に視線を走らせる。

多忙な夕暮れ時。客は三組いるが店員は信一の他には丁度今の時間二人しかいない。

分解修理の終わった目覚まし時計を手にさかんに老人の客に説明している一人の声と身振りを目の端にとらえながら右手をまだ開き切っていないレジの引き出しの中に入れる。今日一日の商売ももうすぐ終わりだ。たっぷり溜った小銭入れから一個の五十円硬貨を親指と人指し指とでつまむ。そしてそっと滑らせて掌にまで持って来る。親指の腹で下から隠す。全身を耳にして背後に注意を集中する。ここで見付けられては万事休すだ。息を殺して次の動作に移る。

左手の千円札をレジの中に差し入れるその陰になった処で素早く右手を引き抜く。ドンと音を立てて引き出しを押し込むと店内へと振り返る。

もう店を出かかっている客の背に頭を下げて「アリガトウゴザイマシタ」と大きく挨拶をする。今日も又緊張の十数秒間が無事通り過ぎてゆこうとしている。

ショーウインドーの前の客の横にまで回って行って中に並んだ高級腕時計を端からひとつずつていねいにもう十五分近くも説明している一人。そして先ほどの目覚まし時計をもう包装し掛っているもう一人。それを待つ老人はショーケース前の丸椅子に腰を下ろして物入れの中から財布を引出している。

それらの位置はいずれも信一の左側である。死角になっている右手をごく自然に掌を内側に、そして親指でそこの五十円硬貨を挟み隠しながらダラリとズボンの脇に垂れ下げている。

しばらくそのままゆっくり店内や背後の店主の居住部屋等を見回す。

そして徐々にポケットの合わせ目に向けて右手をずり上げてゆく。たどり着くとソッと五十円硬貨を中へ落す。張りつめた感覚はその重量がポケットの底からズボンの右側を下に引いた瞬間を確実にキャッチした。身体中を安堵の信号が駆け回り信一は今日の一日が終わったことを心底より実感する。

しばらくして便所に行っていた一人が店の奥から帰って来た。信一の右脇をすり抜けて小走りに店先へ駆けて行く。ドヤドヤと四、五人組の客が表の通りから入って来るのを案内するようにショーケースの先端に立って「イラッシャイマセ」と精一杯の笑顔を作っている。

秋になっている。夏場は夜十時過ぎまで表通りがにぎやかなので店を開いているが今頃から九時半になると閉店にしている。もうあと二時間で自分の時間が来る。その前に便所へ行ってポケットの五十円硬貨を財布の中へ移すのだ。これで完全に自分の物となる。

店の上に中二階がある。天井が斜めになっている屋根裏部屋。六畳程の広さの板敷きの空間に直接に布団を敷き並べて四人の店員が寝起きしている。そこには信一の私物袋もある。五十円硬貨はそこに溜めてある。外出時に買い食いをする。その時に千円札に替えてもらうのだ。この三カ月でそれは六枚になっているはずだ。

老人は持参した風呂敷の荷の中へ目覚まし時計を入れるとグルグルと横長に風呂敷を包みその両端を肩と腰に当て中の荷を背に回してタスキ掛けに負うとゆっくりと店を出ていった。古い唐草模様が藍地に白抜きされた大きな風呂敷包み、それが表通りの人混みと町のあかりの中をしばらくの間小さくなりながら遠ざかって行った。

「ちょっと便所に」と一人手空きになった店員に小さく声を掛けて店の裏手に行こうとする。

「信一チョット信一。その上のケースに入った置時計をおろして持って来い」年長の店員に背中から声を掛けられてドキリとする。気がゆるみ出していたのだ。まだまだ閉店までは油断してはいけないのだ。

信一は中学を終えて働きに出た。街では老舗の時計店へ住み込んでの丁稚奉公である。年季奉公等の風潮が色濃く残る東北地方のこの都市。ついこのあいだまでは盆と正月しか休ませず無給で働かせていたのだ。年季明けに店名と暖簾を分けて独立開業させてもらえるのだ。

それが労働基準局や商工会などの手でやっと雇用人としての待遇を受けられるようになりつつあった頃だった。月に二回は日曜日に休めたが店は開いている。主人一家が店番をすれば他の日と同様な売り上げになるからだ。

月給制という事だが初年度五百円。二年目千円。三年目は三千円。ほんの小遣いである。公務員の初任給一万円の時代に食住の保証があるとは言え五百円ではほとんど何も買えない金額である。五年以上の年季が隠然とあり、古参の順に出身地の村に小さな時計修理店を持つのが唯一の希望である。

第二週と第四週の日曜日。六時半起床、そして平日と同じ朝の日課。ショーケースを整え看板や配達用のオートバイと自転車を店内から出して通りへ並べる。床や店内の雑巾掛け、通りや店の水撒きや掃き掃除。日除けシートを張り出して店先の通りへも目玉商品を並べる。全ての時計の時刻を合せる。

九時近くになっての遅い朝食のあと古株の順に主人にあいさつして休日の街へ出て行く。

「だんなさん、おかみさん〇時頃に帰ります。行ってまいります」きっちりと帰る時刻も申告しての正味半日余りの休日の自由を貪りに出発するのだ。

昼近くなると電話が鳴る、母が迎えに来たのだ。信一が最後に店を出る。大通りを歩いてバス停留所に行きそこで待つ。

「大分待たせちゃったね。バスがなかなか来なくってねえ」

買い物袋を下げて母が降りて来る。連れ立って駅前デパートへ行き屋上のベンチで買い物袋の中身を広げる。アルミの弁当箱に詰め合わされた肉や魚、煮付けた里芋とか大根。白い飯。すべて母が出掛けに急いで詰めて来たのだろう、まだ温かい。

「お父さんがね気付いてるようなの、すぐ帰らないとね。だから今日はこれだけよ」

一枚の五百円札を財布から出して信一に渡すと早くも帰り支度を始める。

父は市内でも名の知れた私立学校の教員として働いていて信一が時計店で丁稚奉公をしている事を快く思っていない。母は買い物に出るついでにこっそりと来てくれる。父より渡されるわずかな家計費をやりくりして来るたびに信一へ五百円、千円の金を手渡してくれるのだ。

今信一が考えている事は一日も早く独立して自分の時計修理店を持つ事だ。先輩店員との息のつまるような住込奉公の日々からの脱出が一番の夢なのだ。

最古参の店員はひろしさんと呼ばれ主人一家から優遇されている。八年もの長期に渡ってこの店で時計修理の腕をみがいて来た年季の明けた職人さんである。なじみの客も彼の事は番頭さんと呼んで他の店員とは区別している。主人の外出時にはほとんど店内の事を取り仕切っている。独立されてしまうと年老いた主人では手広く営んでいる商売が出来かねるので色々と持ち上げて優遇もして長居させているようだ。市内の学校や官庁に長く出入りして深く商売の根を広げた主人は昼間はほとんどひろしさんに店をまかせて外回りに精を出している。

太ったおかみさんともっと太った三十代の娘は、さらにいっそうひろしさんをたよりにしている。

娘がひろしさんにつきまとうのをひろしさんはニタニタ笑ってごまかしながらもうんざりしているようだ。キリギリスのような老人の主人は若いおかみさんに頭が上がらない。何でも養子に入ったそうで、ひろしさんも同じ運命にされてしまいそうな女系家族の主人一家である。

次に古い店員は良二と呼ばれていた。上にいた二人の古参店員が年季明けと同時に独立してしまった為にひろしさんとは大分年の離れた若い男だ。二十歳前らしく休日には学生帽を被って外出する。細面に眼鏡の大学生らしい装いは実によく合っているが学生帽子には校章が付いていないなかった。

　その次がひさしと呼ばれる信一より二歳上の男である。信一がここに来るまでの二年間はずっと新入りとして雑用一切を押し付けられて来たらしく、初日から居丈高に信一を呼び付けにして引きずり回して次々と自分の仕事を引き継がせ教え込んで来た。

　朝は一番早く起きて店の雨戸を開けてオートバイと二台の自転車を街路樹の下に出して磨く、廊下と階段と店の板の間の雑巾掛け。晴れていたら店の前の街路に打ち水をして店内のゴミを掃き出し庭箒で裏の物置まで路地を含めて一人で掃除する事。おかみさんに言いつけられる買い物や風呂焚き、ガラス戸磨き。仕事を覚えるのはそれからだ。夜も最後まで働いて終い風呂に入る事。目下の者が出来たので得意になって信一を追い立て、ひとつひとつ出来が悪い、おそい、覚え込んでいないとやかましく言い立てるのだった。

　勤め始めの日、担任の教師に連れられてこの店に来た信一は十六歳にまだ四カ月足りなかった。得意先の学校の先生からの頼みとあってはしょうがないと言って店主は信一を引き受けてくれた。教師が帰ると早速信一を家族と店員全員の前に座らせて紹介した。

「いいかい信一、これからは私をだんなさんと呼びなさいね。上の者の言う事はよく聞いてまじめに働く事。私はなまけ者はきらいだよ」

一日が本当に長く長く感じる。なかなか朝食の時間がこない、主人一家はもう食べ終わっている。ようやく使用人の番が回って来た。敷居と障子で隔てられた一段下の板の間の台所の隅に置かれた食卓。さっき店主達が食べていた物とはガラリと変った貧弱な内容、朝食は味噌汁とたくわんだけ。昼食も又同じ物、夜になって小さな笹かまぼこが一枚ついていた初日のメニュー。

一番の上座に広く場処を取ってゆったりと座ったひろしさんが小さく頭を下げて「いただきます」をして食べ始めるまで下の者は待っている。そして古参の順に一言あいさつして食べる。七時半になって起きて来たひろしさん、仕事も精密な腕時計の分解修理。彼が二杯で朝食を終えれば下の者もそれにならう、三杯目がどうしても食べたくてそっと盛り付けようとした信一の頭をひさしがゲンコツで殴った。「もう飯は終わったんだ、このウスノロさっさと仕事にかかれ」

昼までがさらに長く感じる。柱時計の分解の方法をひさしが教える、使い古されたスクラップ時計で教えられたように行なうといきなり殴られた。ドライバーの持ち方が良くないと言う。その後も何度も何度も殴られる、手順はなかなか覚えられない。昼近くに来た客が自宅へ柱時計を届けて欲しいと言う。食事を終えてからと思っていると主人が来て、「すぐに信一に届けさせなさい」と言って自分達は食事を始めてしまう。近所なので道は知っているが時計は大きくて重い。

風呂敷に包み斜めに肩に背負う。自転車で届けて帰って来るともう食事は終わっていて信一の分として汁と飯が一杯ずつだけ残してあった。

夜まではさらに長い。夕食の後は風呂焚きだ。全員が入ったあとの終い風呂の中で長かった一日を苦くふり返る。この先いつまでこんな日が続くのかと思うとつくづく身の不運が嘆かれる。

信一が高校一年生の秋にその事件が起きた。

父は信一と妹、そして二人の弟を連れて五年前にこの街へやって来た。父祖代々の寺の住職だったのを人に譲り渡して愛知県からこの北の街へと越して来たのだ。

終戦後の混乱の中でとにもかくにも飢えて死ぬ事だけはまぬがれた七人の家族。それは代々の寺の住職としての村中からの物心両面に渡る思いやりと、広大な寺の土地を耕地に変え自作して父の出征後を守った母と祖母の努力の結果である。

住職の仕事をほうり出して中央の論壇で活躍した新聞記者だった曽祖父にあこがれ、父も又東京で学問を修め大陸へと雄飛したのだった。

戦争さえなかったらと母が信一に言った。戦争が父を変えてしまったのだと祖母も繰り返しつぶやいていた。そんな祖母を殴り付け罵る父の赤鬼のような酔った顔を遠い昔に何度も見た事がある。

祖父が東京で持っていたいくつもの家屋。祖父も美術評論家として名を広めていた。戦争中に祖父が死んだ。戦地の父に相談する事も出来ず祖母はその不動産を二束三文で手放してしまった。母とその二人の幼い子供を連れ代々の故郷である古寺で戦火を逃れていたのである。

復員して来た父はその事実を知り長男として再度掛け合ったが一度売った物は取り戻せなかった。代金は戦後のインフレで百分の一以下になっていた。

父は産みの親である祖母を恨み暴力すら振るったのである。激しい戦地から命だけでも拾って帰れた幸運を父は感謝してはいなかった。

徴兵そして召集と二度に渡る兵役のあとに敗戦と抑留で十年はむなしく過ぎていた。青春を国家に持ち去られてしまったと父は言う。平和国家として再出発した日本の中で父は毎日信一に軍歌を教え軍人勅語の暗唱を強制した。

古寺の住職として慣れない経文をとなえ、敷地内のにわか作りの畑に下肥を柄杓で撒く日々のうっぷんをそんな方法で紛らわせていたのだろうか。十年間の軍隊生活の半分は内務班勤務だったという父はそこでたたき上げられた下士官。父にはその軍隊生活は憎しみながらも懐かしい青春のすべてであったにちがいない。

長男の信一の教育には全力を尽くしていた。どんな出来の悪い兵隊でも殴れば立派な兵になったと父は母に言う。信一を殴り教えたあとで必ず「自分が悪くありました。ありがとうございました」と言わせたり、『愛児苦憎棒』と書き込んだ小さなバットを作ってみたり、父は殺してでも信一を秀才に仕立てるつもりでいたようだ。

そんな父の熱心さの結果がこの東北の街でやっと実った。父の新しい職場は全国に名の知れた中学校から大学院までの一貫教育のミッション系の学校法人であった。中学と高校で国語と漢文を教え大学では時間講師として中国語を教えていた。そのあと夜間部でも週二回の授業を行い稼ぎに稼いだ。

坊主をやめて神の洗礼を受けた。資格を取ったらしく朝の拝礼でも働いていた。全生徒と教職員を集めた礼拝堂でステンドグラスのキリスト画をバックに父は「天にましますわが父なる神よ、私達の罪をゆるして下さい。おろかで迷える羊のこの私共の罪深い心や行いを救い天国へお導き下さい」と長々と説教しアーメンを唱えるのだ、その分だけ加給され働ける限り働き家を手に入れた。

三倍以上の競争を突破して父の教える私立のミッションスクールに入学した信一。スパルタ教育の結果ようやくここまでたたき上げた父はまだまだ満足してはいなかった。

校長の息子は九十点以下は一教科もないという開校以来の高成績の為推薦で大学に進めた。校長に招かれて教職を得た父としてはこれは絶対に見習わなければならない手本であった。

信一の同級で学園長の息子も入学した。一教科以外全部百点満点を出したこの生徒の存在がさらに信一をそして父を追いつめた。

中間試験と期末試験で年に五回もテストがあり、結果は点数で大々的に発表される。全教科平均点が八十五点以上であれば優等生と呼ばれた。一学期中間テストで信一は八十点、園長の息子は九十八点だった。この時から父は信一の専属家庭教師となる決心をさらに深めたようだ。父が鍛えた新兵は皆立派な兵隊になり復員して来た今でも父を慕って便り等をよこすと父は言う。

実際の職場である教室での父は他の生徒には慈父のように甘かった。同僚教師の子息や大企業の社長の子供達が生徒なのでそれはしかたの無い事でもあった。又キリスト教の学校という事もあり父の態度は校風に合わせる必要もあったのだろう。自分の長男に対してだけきびしく接するのは父の処世から来た術だったのだろう。人気の先生だった。

心頭滅却すれば火も又涼し。勉強、勉強、勉強。

何事も神の思し召すままに感謝しろと連続殴打。

小学校以来の友人は皆近くの公立中学に入学して色々の遊びをエンジョイしている。信一も友人と三角ベースで遊びたくてたまらなかった。父が夜学で教える日は母が口うるさく叱ってもボールが見えなくなるまで帰らなかった。父にバレなければ大丈夫なのだ、母は父には言えなかった。

「お前が子供に甘いからバカが出来てしまうのだ、手が痛ければこの棒で殴れ。いいか、殴らなければ人間は駄目になってしまうのだ、これは本当だ、俺は軍隊で充分に解っている」

二年生、三年生と進級するにつれて信一の成績は悪化していった。父は殴る、殴る、殴る。軍隊式の丸暗記を強制する。毎日課題が出る。登校はいつも父と同行させられそのバスの中でも前日の課題を暗唱させるのだ。その日の教科書の要点や主な公式等の暗記を命ぜられていた。それでも信一は父の目を盗んでは遊び回る。翌朝のバスの中で父は信一に前日の日課を大声で暗唱させる。覚えていず引っかかると乗客から見えない太股を抓り上げる。涙が出る程痛い。表向きは優しい先生なので外出時は他人から見えない処を暴行するのだ、父の苦肉の策だ。

父は夢中である。長男の信一をどんな事をしてでも優秀な子供に仕立てようと半狂乱になっていた。

中学を終える時は七十点になっていた。そして高校へと進学した。同じ敷地内に中学校も高校も大学もあった。

六十二点になっていた。高校に進学した一年生の二学期前半の平均点はもう手のつけようがない程である。最も不得意な代数と幾何でついに四十八点と五十一点で六十点の赤点ラインを大きく下回ってしまった。

すでに信一は自分に自信をなくしていた。殴られ続ける毎日に明日が見えなくなっていた。

　級友達も家庭の事情をそれとなく知ってしまって信一に親しくする者も少なくなっていった。一人だけ菊池と言う生徒は変わらず仲好しでいてくれた。別の中学からの編入試験を受けて来た学力優秀な生徒で高校になってからの級友である。他の同級生よりひと回り大柄で公立中学校の自由な気風で育って来た大人びた雰囲気があった。中学進学時に病気の為に一年おくれてしまったのだと信一にもらした事がある。

　昼休み時間に裏の塀を乗り越えて街中に出て煙草を吸って来たと言われた時に信一は目の眩むような羨ましさと圧倒的な精神年齢の差を感じた。

　下校は父と一緒ではない。菊池は信一の背を抱いて行った事もない駅裏の飲食街などを連れて歩いてくれた。親が経営者なのでたっぷり小遣いを持っている。肉を食わせてくれた。ビールを飲ませようとしたが口にしただけで苦くて飲めなかった。柔道二段だという事だそうだが柔道部にも他のクラブ活動にも加入せずそうやってネオンの街中を徘徊するのが楽しみだと言っていた。

　次はどこに連れて行ってやろうか、今度は何をしようか、あそこの何は見ていないかそれでは連れて行こうとひんぱんに誘ってくれる。

　父の目を盗んでのわずかな下校時の交際ではあったが信一は初めて自分自身の目で他者を見たような心の高鳴りにつき上げられていた。父の強力な意思と暴力の前で全く自分を失ってただただオロオロとその日その日を逃げ回っている中で、急にバラ色の光を発する世界の中へ身体を入れたような気持ちになった。授業中、隣の席でじっと信一を見つめているその菊池の大人びた目。放課後に肩を抱き寄せて街中を連れ歩いてくれるそのふた回りも大きな体格。もしかしたらこれから先、この友人によって新しい世界が開けるかもしれない。何か心の底から高いリズムの音が沸き上って来るような予感がしていた。

それは二学期も大分進んだ十月初旬のある日。次の授業が中々始まらず生徒達の私語で教室内がざわついていた。窓の外をどこかの女子学生が通って行くと多くの生徒の視線がいっせいに集まりひとしきり異性への話題が始まる。一人が菊池にその少女の感想をたずねて来た。

「お前達の話は青臭くて、相手に出来ねえよ」

ボソッと呟いただけで菊池は彼らの会話から顔をそむけてしまった。

なおも盛んに女子学生談義を続ける級友達の中でしばらく黙っていた彼はいきなり立って信一の横へやって来た。信一の肩を抱き寄せて自分の席へ連れて来るとそっと机の中を見せる。カバンを立てて他の生徒の視線を遮ってほんの少しずらして開けた机の中。抱きかかえられた肩を今度は上から強く押されて丁度目の前に机のすき間が来る。

信一の呼吸が止まる。心臓も一瞬止ってしまったような強い衝撃を受ける。心の深くにそんなショックを受けた。そのまま身体も石になってその姿勢から動けない。燃えるような赤い色、そして白と黒のコントラスト。その絵は信一にはあまりにも強烈すぎる。真紅の敷物の上でなまなましい白さの肌と黒い肌の男女の全裸姿。その二人のからみ合ったその中心を見た時信一の頭の中に電波が走り抜けた。

十五年間の人生の中では見たことのない世界がその菊池の机の中の小宇宙にはあった。頭を走った電波が今度は身体を縦に走って下半身に向かう。下腹部へたどり着いた電流がそこを駆けまわる。そこから再び脳へ強いしびれが伝わる。

いきなりそこを菊池の大きな手で握られる。強く握られた一瞬後にはもう彼の手はそこにはなかった。

「感じたか、どうだ良いだろう。どうだっ」

ひとこと耳元に小さく言って再び肩を抱き寄せて来る菊池の目がドキッとする程妖しく笑っている。

持って行けと言われた。家でゆっくり見ろよと言われてついフラフラッと持ち帰ってしまったその秘密の秘密の秘め事の絵。

カバン全体が燃え出しそうなその中の絵を夜学で教えている父が帰らぬ間にじっくりと鑑賞してやろうと信一は夕食も風呂も上の空ですませて子供の部屋に籠もる。

しばらく教科書をめくっているうちに弟も妹も出て行った。いよいよ一人だけの時間だ。昼間のあの突き抜けるようなしびれた快感にもう一度心ゆくまで浸れる時間が来た。

見続けているとやがて昼間のあの教室の時以上の高ぶりが沸き出してくる。暗い窓外の闇の世界の中に沈み込んでゆくような真紅のあざやかさ。小さな電気スタンドの灯だけで見つめ続けると今ここにいる信一自身すら全く別の世界に行ってしまったような気分になる。こんな世界がどこにあるのだろうか。燃えるような紅の中で成熟した男と女の肉体が争っている。何を賭けて争うのか。やがて自分も大人になるとこのような熱い争いを繰り広げる肉体になるのか。いつかどこかでどんな女性の肉体のその一点を燃え立たせて汗にまみれて気持ちを高ぶらせて争う日が来るのか、女性の肉体にはそれ程の男を狂わせる魅力があるのだろうか。この絵を広げながら菊池はその場所を探り握って来た。あいつはこの先に自分をどこへ連れてゆこうとしているのだ。

そろそろと菊池の握った場所へ手を近づけて行くとゴツンと椅子の角に当る。腰を上げて少し椅子をずらそうとしてふっと気配を感じて前を見ると、信一の心臓が止まる。

窓ガラスの向う側に張り付いている二つの瞳が怒りで燃えている。ぺったりと顔面を窓ガラスに付けてそのひしゃげた父の口の端には残忍な笑いが漂っていた。

そして信一は半殺しにされた。我が子に裏切られた父の怒りで半殺しにされた。

素裸にされて処かまわず殴られた。

金縛りになったように動けぬ信一を見つめて父は窓ガラス越しにこう唸った。

「よくも親をバカにしてくれたな」

すべて子供の為、すべて家族の為。夜も昼も稼ぎ続けて、教育し続けて、こんな優柔不断なうすボンヤリした子供でも全精力を傾けて殴り鍛え上げて来たのに今ここでこれほどコケにされてはもう生かしてはおけない。こんな奴が生きていては世の為にならない。親の責任でこの場で殺して世間にわびるしか道はないだろう。

母は泣いて止めに入る。父の前に全身を投げ出して信一をかばう。

「どけ、もうおそい、それもこれもみんなおまえの躾がなっていないからだっ」

母が張り飛ばされる。父が台所へ入って行く。そして出刃包丁を持って来た。

「なおれっ、そこへなおれっ。さあ覚悟しろよっ、お前の腐った男をチョン切ってやる」

信一は走った。戸を襖を蹴倒して逃げ回る。

「やめてっ、お父さんやめてっ、信一早く早く逃げてっ」

母が父の足にしがみ付いてくれる。

暗い夜の一本道をひたすら走る。母を振り切った父は玄関口まで追って来た。もう外の道に出ているかも知れない。だが振り向けばすぐ背の近くにまで来ているような恐ろしさでどうしても後ろを見る事が出来ない。ひたすら走る。つかまれば確実な死があるのだと思えばいつまでも走り続ける事が出来た。走りに走る。暗い夜だが道は一本で直線に続いている、父を振り切るまで走るしかないのだ。

三日後の夜明け前に空腹と寒さに耐えかねて家の近くまでそうっと戻ると母が寝ないで

戸口で待っていてくれた。父の起き出す前に服とにぎり飯を用意してくれていた。農家の納屋の隅で筵にくるまって隠れていたが、とても辛抱出来ずに母を頼りに戻って来て本当に良かったと感激した。

母は夜明けを待って信一を連れ担任の処へ相談に行った。もうこうなっては父は手出し出来ない。

父の同僚のその教師の親身になって世話をしてもらえたおかげで今の店に入れた信一だった。

たとえ卑屈な日々だろうと今の信一には行く処がないのである。一人で働き口を探して住込従業員になるのだ等とはとうてい考えが及ばなかった。世間の事へも無知だったし自立する気構えなど父に殴られ続けた日々の中ではとうてい芽生えてはこなかったのだ。ここでこらえて生きるしか術がない今なのだがそれすらも耐える事が出来ない。

ひさしは許せない。同じ店員のくせにどうしても許せない。信一にとってひさしが殴っても肉体的には大して苦痛などはないのだ。あの父のはげしい軍隊仕込みの殴打に比べたらこんなものは問題外であった。それなのに気持ちの上ではひさしだけはどうしても許せない。

虎の威をかりる狐だと思った。信一が本気で組み合えばあんな奴に負ける訳がない。良二に至っては問題外である。体力の差は見ればわかる。休日には学生服に学生帽子で眼鏡と七三に分けたポマード頭で見せかけの秀才大学生の姿で街に出る。もやしのような男である。

そいつがどれほど馬鹿か信一は知っている。郡部の中学をお情けで卒業させてもらいどこの高校にも入れなかった貧乏百姓のバカ息子のその晴れ姿があの眼鏡と学生服だ。漢字もろくすっぽ読めない。時計を調べる時は眼鏡など掛けていないのに外出時はああやって勉強熱心な学生を演じている。

信一には世界中が許せなかった。なぜ自分を中心に世の中が廻ってくれないのだ。父には殴られ、その父が知ったら人間以下のバカ店員にも殴られ飯も満足に食べさせてもらえない。そんな処でしか生きて行けない自分ではないはずだ。でも考えても今の自分には何も出来ない。何もわからない。これからもずっと何も出来ない。

信一は本が好きだった。教科書も興味中心に読んでいたし聖書も読み物としてむさぼっていた。

店には本がない。だから空想する。自分が持つであろう時計店の空想だ。いつの間に妻と子がいて小さいがそれなりに商売繁盛で毎日が充実しバラ色に輝いている。店の名は何と付けようか、どのあたりに店を出そうか。いつの日にかそんな事が現実になるはずだ。そう思う、強く思う。だが思えば思う程それは夢であり遠い処にあった。それにひきかえ今の日々には耐えられないほどの不満があった。

信一はひさしを殴り返せない事がつらい。

「バカッ、何をしてるんだ。こんなものもなおせないのか本当におまえはバカだな」

そしてゴツンと殴られる。ひさしは目覚まし時計位までは完全に分解修理が出来るのでいつも信一の腕をバカにする。ひさしも又少し難しい漢字も読めなければほんの常識のような世間話も客と交せないのである。仕事のコツだけは理解しているのだ。

ひろしさんだって同じだ。だんなさんが大学に商売に行って仕入れて来た話をただただ感心して聞いているだけだ。太ったおかみさんと太った娘にチヤホヤされてニタニタ笑ってばかりいる。南京虫と言われていた小さな婦人用腕時計もひろしさんだけが修理出来る。そんな技能だけの低能職人にだけはなるまいと信一は強く強く思っていた。

信一は自分より知識の低い者にバカにされて反論出来ずに耐えることがこれ程つらい事だと初めて知った。そしてその相手に殴られてもただただすみませんでしたとしか言ってはいけない時の心の痛さも初めて知った。

父との間ではどんなに殴られて無理を言われてもそれは父親だから当り前なのだと信一は半ば諦め半ば納得していたのだ。そういう教師の家庭に生まれてしまったのだと。

学問の優劣がすべてだった勉強、勉強だけのあの頃の物の考え方。バカは最低の人間なのだという父の教えがいつの間にか信一の考え方になってしまっていた。そのバカにこんな形で見下され殴られる事の心理的なつらさが今では一番こたえていた。

今の信一が考えられる最良の道は早く金をためて多少の技術を修得したらすぐに独立してしまうという事だった。その為にはどの位の歳月と金額が必要なのかは全然見当が付かないが、とにかくこうして毎日毎日五十円か百円ずつでも多く集めて行く事は絶対に欠かせない。

ひとしきり夕刻の客がたてこんで八時を少し廻った。今来ているあの客さえ帰ってしまえばもう客の流れは終わるだろう。

九時を過ぎると一人も客が来ず十時に大分前でも見切りをつけて店を閉めてしまう事もある。主人は長年の経験から判断して「ひろしや、どうだろう今日は早終いにしようか」と番頭格のひろしさんに声を掛ける。手離せない大切な職人なので必ず何事も相談している。又ひろしさんも八年間もこの店に住込んで働いて来ただけあって何事も控え目で自分の意見はあまり口にせず大抵の時は主人に対して「そうですね」と相槌を打って賛成している。

今日も九時半頃には店を片付ける事が出来るかも知れない。そして寝るまでの一時間位が信一に与えられた唯一の自由時間なのだ。

去年の秋にこの店へ来てようやく一年が過ぎた。何もわからずただ夢中で長い一日を空腹を抑えて走り回っていた頃、考える事はただ食べ物の事だけだった。五百円ポッキリの月給は皆百匁（約四百グラム）二十円の干し芋に変わってしまった。休日に母からもらう金も合せてすべて配達の行き帰りに四十円、五十円と買い食いに使っていた。

口の中で芋は溶けてゆく。甘い汁を少量ずつ腹に流し込みながら農道を、車に追われる国道をと配達に走り回る。

小豆のあんこがギッシリ入った大判焼きは白あん、黒あんの二個一セットで十円である。信一は大の甘党なので本当はこれが食べたい。二十円で四個しか買えないのはつらい、同じ二十円で水分を抜いた干し芋は四百グラムもあると大いに空腹を和らげてくれるが甘いばかりで量の少ない大判焼きだったら十個でも十五でも入ってしまうような気がする。

東京では大福二十個食べたら無料にするという店があると新聞に出ていた。待たせる客の為に店内に置く新聞を夜になって読む。良二もひさしもほとんど文字を読まない。ひろしさんは番頭さんなので朝の掃除をしないで新聞を読み客との話題を仕込んでいる。夜になったら包装紙になる新聞は信一の大切な読み物だった。その記事を読みながら自分だったら絶対二十個食って見せると考えただけで生唾が止まらなかったあの夜。

それからしばらくして信一はレジスターから五十円ずつ盗み始めた。一日一回だけ、それも夕刻の一番客の多い時間帯を狙って行なう。そのかわり毎日絶対続ける。チリも積もれば山となるである。最初の頃の胸が潰れそうなスリルも続けて行けばいつか快感にと変わっていった。

まともに食事も摂らせてもくれず休日も給金も少なすぎる上に毎日長時間働かされているのだ、これ位は当り前だとさえ考えるようになっていた。

一日五十円で一カ月千五百円。一年で八万八千円である。十年続けても八十万円。これでは開店資金にならない。三カ月も続けてみると信一の気持ちにあせりが生じる。いったいいつになったらバラ色の日々が自分には来るのだろうか。信一は不安になって来た。

今年が終わると二月で十八歳が来る。ひろしさんが出てゆかない限り先ずまちがいなく信一が一番の下っ端でいなければならない。最近になって良二が腕時計の分解修理を修得し始めた。段々小さい時計に挑戦して最後は南京虫と呼ばれる超小型の婦人用腕時計まで行く。これが出来ればもうひろしさんでしか出来ないという作業はなくなる。太った娘と一緒になって小さな店を持たせてもらえるのだろう。ひろしさんには新生活の夢が広がる。

そしてひさしも古い練習用の懐中時計を与えられて少しずつ分解修理に掛かっていた。ひさしが一段上の技術を習得して実際に仕事を行えば信一には目覚まし時計の分解修理が回って来るだろう、その為にも柱時計の修理と雑用を言いつける新入りが欲しい。

良二は根性が悪い。陰険である。教育者の子である信一に対してはその眼鏡と学生服、学校章のない学生帽子がコンプレックスを駆り立てる。色々考えながら歯車を一つ一つ組み立てている信一の後ろからそっと手を出して軸穴から一個抜き出してしまう。「ちがう、ちがうじゃないか。これじゃ動かないぞ、いつまでたったら覚えるのだ。このウスノロ」と意地悪をする。質問をしても「そんなことは自分で考えろ、それが修業だ」などと逃げてしまう。指が太く不器用で機械の組み立てに弱い信一に対して細い指と手先の器用な良二は三年の間にほとんどの技量をマスターしている。

信一をバカ者扱いにしてほとんど仕事を教えてくれない。いつもひろしさんの近くに座り、その作業の一部を分けてもらっているので上達も早い。とにかく自分だけは五年間の年季が明けたら職人になってひろしさんが独立したあとの店の番頭になりたいのだ。

ひさしが又そんな二人に極端にへりくだって仕事を教わろうとする。その分だけ信一の覚えの悪さに怒りをぶつけて来る。大柄で多少の体力のあるひさしはすぐに殴り付けて来る。中学校の三年間を父の半強制で意志も身体も強い男にさせる為に柔道部に入って鍛えられている信一としては、こんなひさし位ならいつでも軽く投げ飛ばして絞め技を掛けて息の根を止める事が出来ると思っている。

時計が時を刻み動き続ける動力の元はその頃はほとんどゼンマイであった。鳩時計のように松の実の形をした分銅を重りにして鎖で吊しそれが下がる力を利用して動くものもあったが電池時計が出現するまでは大体がゼンマイ時計であった。胴の長い帯を軸に何重にも巻き付ける。巻けるギリギリまで巻く。竜頭で巻く、ハンドルで巻く。大きい時計程力が必要なのだ。

軸に歯車を付けて巻き戻ろうとする回転力を次の歯車へと伝える。一番歯車、二番歯車、三番、四番と歯数の比で回転力を弱め長時間ゼンマイの戻る力が作用し続けてゆくようになっている。最後は目覚まし時計より小さいものは天芯。柱時計等の大物はガンギ車となる。天芯とは小型ゼンマイをスカートのように巻き付けた円盤に軸を付けたもので伝わって来た力で回ると小型ゼンマイが巻き締められて力が調和すると今後は自分のゼンマイの巻き戻り力で反回転するコマのようなものである。ガンギ車とはワのような腕の付いた板の中心を軸で止めたものである。このワの字の処が振り子の基部に接続していて振り子の一往復毎にワの型の先端が左右に振れる。その後部も又小さなワの字型に分岐していてその処には最終歯車が接続されている。ひと振れ毎に片方の分岐爪先が歯車を一山ずつ進ませてもう一方の爪先で一気に回り出さないように止めるのだ。振り子一往復毎に歯車は左右に行って戻る爪先によって二歯ずつ回転して行くのだ。次々と回転数が減る歯車の順の内から丁度良い物が時計の針の中心軸になっている。

ゼンマイの戻るエネルギーがある間は時計は止らずにいる。ほとんどの時計は一日に一度必ずゼンマイを巻くように出来ていた。

強力なゼンマイを巻き付けた一番歯車が左右に二個ある。片方は長短針を回す為にある。もう一方はボンボンと時報を鳴らす為にある。時間が来ると歯車に付けた円盤が回り段差の時へ丁度来るようになっている。段差に落ちた伝達棒の反対がゼンマイ止めをはずす。十二から順に一までの時報打機がそのつど所定の音を打つ様に調整するのだ。その一番歯車を取り付けた強力ゼンマイを押え枠で戻らぬよう固定したら、そこからガンギ車までと文字板や振り子までを全部バラバラにする。何十個という細かい部品の一つ一つをガソリンの中でブラシで洗う。

古い時計は機械油がこびり付いていて洗っても洗っても落ちない。そんな時にはガソリン内に長時間入れたままで頃合いを見てから洗うのだ。

旧家の大黒柱に吊るされたままの六角形の頭部と長形の胴部を持つ古びた柱時計。中には戦争前の大正時代の型もある。

何十年と時を刻み時を告げて来てとうとう動かなくなってしまった年代物を修理するのが新入りである信一の仕事である。

ケースもガラス板もすべて煤けてしまいヤニだらけになっている。

磨き砂を付けてゴシゴシ、ゴシゴシと力まかせにタワシで洗う処から仕事が始まるのだ。木枯しの吹き抜ける井戸端にしゃがみ込んで長時間の力仕事であり水仕事に取り組む。ポンプを押して冷水を掛けながら何台もの柱時計のケースを洗う。ニカワで付けた飾り物や外板が水に溶けて剥がれたり表面の色調も流れ落ちる事がある。そんな一片ずつを煮立てたニカワで貼り付けて、さらに絵の具で色を付けてごまかした上からケースの全表面にニスを塗り面目一新させてしまう。見た目は新品同様にしてしまう。客は先ず外観が美しくなった事で喜んでくれる。

柱時計のゼンマイは五センチ幅で半ミリ厚さの物が長さ三メートル位もある。これが一番歯車の軸を中心に十センチ位の円の中にギリギリまで巻き締め込まれている。分解の時はこれがドカンと一気に巻き戻って広がってしまわないように大変な力が必要なのだ。信一の修理するほとんどが耐用年数などは完全にオーバーしてしまっている骨董品である。

当時の東北の寒村では時計は貴重品である。一度買った柱時計を永遠に使用しようとする。持ち込まれた時計は絶対に修理して生き返らせるのだ。

金属疲労でゼンマイが切れてしまったり、圧力で軸が曲ってしまっていたり、軸穴が長方形にすり広がって二倍の長穴になってしまっている物もある。長年月に渡って強力な一方向の力に押されて軸穴が広がってしまえば止るか不正確になって行く。

精密腕時計等は軸穴にルビーやサファイアという硬い宝石を入れて穴の摩擦による広がりを防ぎ不正確さを止めるのだ。その使用する宝石の数の多さが高級さにつながり何石の時計だ等と表示して競り合っている。一秒を計る道具であるから当然だ。

基板中の広がってしまった一つ一つをタガネで外から押し込んでなるべく元の位置に戻してしまう。戦時中の代用金属を使用した粗悪品はこれがむずかしいのだ。信一の腕では上手に直せない。繰り返しガソリンでブラシ洗いして不良部品は何とか手直しして、見た目も新品で時間の狂いなく動いているものにするには一台に二時間も三時間もかかってしまう。

ひさしは一時間で出来る。信一にもそれ位の時間で直せと迫って来る。不器用な信一が出来ずにいるとグズだのトロマだのと言って殴って来る。昔はもっと殴られたのだ仕事は殴られて覚えるのがあたりまえだと無茶を押し通す。

修理が終わった順に屋根裏部屋の四面にぎっしりと掛けて数日動かしながら微調整を行なう。この期間中に動かなくなってしまう物もある。信一の手掛けた物に特に多い。何度直しても一週間と動いてはくれないのだ。それを承知で信一は客に戻していた。

客が苦情を言ってくる。すぐバレてしまう。又々ひさしは殴るが直らないものを直す方がもっとつらかった。結局はひさしが動くようにしていた。

三倍の競争率を突破して秀才校に入学し、三年間を優等生にこそなれなかったが七十点、八十点という平均点で終始して来た信一は父が言うほど自分はバカだとは思っていない。バカはお前達だとひさしや良二に対して心の中で罵っていた。バカに見下されること程つらい事はない。

その夜、店を閉めていると早々に自分の寝床を作っていた良二が修理の終わった柱時計を持って屋根裏部屋から下りて来た。

「何だこれは又止ってしまったじゃないか、何度おしえたら直せるんだ」

と信一の前に置いた。三日前に止った時にしつこく直して完全にしておけと言われた時計だ。きのうも止ったが言われる前に見付けて又動かしておいた柱時計である。もうどうにもならないと泣きたい気持ちで見回っては止ったらさっさと動かしてしまい明日はとぼけて届けてしまおうと思っていたのだ。

あと少しで見付かったので信一は良二を恨めしく感じた。返事をせずにいるとカサに掛って叱りつけて来た。

「どんな頭をしているんだ、教えても教えてもわからないバカは学校で何を習っていたんだ」

飛び付いてしまった。胸倉につかみ掛かっていた信一は思わず右手を上げた。一度はこのひ弱な男に自分の実力を見せたかった。その肩を後ろからつかんで引き離された。後頭部をしたたかに殴られた、それも木製のぶ厚い定木で殴られた。

「バカ者がとうとう上の者に手を上げたな。お前はこうしてやる」

ひさしの声だ。振り向いた顔面に今度は平手が飛んで来た。さっき良二に飛び掛かった時にもう信一は切れていた。堪忍袋の緒がプッツンと切れたのだ。

もう一度平手で顔面を張りに来たその左手を体を沈めてやりすごす。頭上を過ぎてゆくその腕の付け根が肩の処へ来たのを右手で抱えて肩にしっかりと固定する。沈めた体をひさしの脇腹に密着させると左腕で右足の付け根を抱える。肩車の大技に入る体勢が出来た。中学で柔道部にいた頃ふざけて友人がこの技を掛けて相手が頭からたたき落とされて首の骨を痛めて大事件になった事があった。中学生は禁止されていて信一は一度も使っていない。

「しんいち、やめなさい」

太ったおかみさんの声だ。腰をグッと入れて相手を持ち上げようとしていた信一は思わず動きを止めてしまった。

「こらバカ者。何て事している。誰のお陰で働かせてもらっているのだ考えて見ろ」

その後から主人の声も追い打ちを掛けて来る。あの柔道部長でクラス担任の先生がいたからこそ救われたのだ。父に追われて行く処のない信一をこの店に世話してくれたあの先生。父へも話して了承を取り付けてくれたあの恩師がいたからこそ今日まで生きて来られたのだ。そう思うと信一の身体中から急に気力も闘志も反抗もスッと抜けてしまった。ヘタヘタと座り込んでしまった。

「さあここに来て座りなさい、私から少し聞かせてやるから皆はもう寝なさい」

主人の説教はその夜遅くまで続き信一は土間に這いつくばって詫びた。

心から詫びた訳ではない。ひさしと良二とおかみさんと主人がたまらなく憎くなっただけである。こうなったら毎日百円位盗まなければ気が済まない程に心の底からこの店の全部が憎くなった。

信一がこの街に来たのは、父の就職と共に家の購入の目途が立ったからだ。一定期間の居住後は払い下げるという県営住宅の募集に当選した為だ。寺を本寺に返還して家族全員でここに越して来たのだった。父はその事に一切の未練を持っていなかったようだ。

市を囲む丘陵地帯の一画を造成して数十戸の同一タイプの平屋住宅が建ち並んでいる。縦横に道路で区切られた正方形の土地にバス停のロータリー広場を中心に四方へ広がっているその一番北隅から三番目の住宅。居室は六畳二間だけの小さな家に一家六人が住み着いた。

似たような家族構成とさまざまな境遇や遍歴の各家庭の人々が次々に入居して来る。生活が始まればもうそこには商店も次々に進出して来て小さな町のような賑わいが出来上ってしまう。

朝になると家々から同じ年頃の子供達がぞろぞろと出て来て集団となって市街地の同じ小学校へと通学する。信一もその一人だった。

四年生、五年生と六年生の三年間をここで通学した信一は一人の少女と仲良しになった。斜め向いの家の良子と言う少女だ。信一が四年生の時に入学して以来三年間を毎日兄妹のように連れ立って通学した。信一が中学生になっても顔を見れば信兄チャンと言ってはつきまとっていた。

その良子も地元の公立中学校の生徒になった。

配達で中学校の近くまで来たある日、信一は良子を見掛けた。中学二年生になっているはずのその良子と角を曲ってバッタリと出合った。

目が合って驚いたように小さく信一の名を呼んだのだ、寒い木枯しの吹く夕暮れ時だった。坊主頭に手拭で耳まで包んだ頬被りの信一はその呼び掛けに何も答えられなかった。目をそらすとあわてて走り抜けてしまった。

その日帰って以来ずっと信一は悶々とした日を送り続けて一週間も経ってからようやく決心して一通の手紙を書いた。極力自分の事は書かずにただ返事を下さいと短い便りを出した。

返事はとうとう来なかった。そのかわり母から意外な事を言われた。信一の出した便りは良子の父親の目に触れ、両親で信一の父の処へ抗議に来たというのである。まだ中学生の娘にこんな事をしないようにと注意してくれと申し入れに来たのだ。あれは自分の子ではない、家にはそんな子供はいないとまるで自分自身が駄々っ子のように話を聞く姿勢すら見せずに父は相手をつき放してしまったという。

そういう事で信一は間もなく日に二回は五十円玉を盗む事に決めた。昼の込み合う時と、夕暮れのあわただしい時刻なら可能だと思った。

金が貯まって良子以上の優しい美しい妻とめぐり合って二人で小さな店を開く。店の名はどうしよう。又々その事で色々と名前を考える日々が続いた。

配達で父の居る大学へも行く。見えないふりをする父に気を遣って他の人々も短く「御苦労さん」の一言位しか声を掛けてくれない。

でも大判焼きは結構食べる日が多くなった。何せ毎日百円ずつ入金してくるのだ、少し位は散財しても以前に比べて貯えはドンドン増えて来ている。

その日。その日の事を信一は生涯忘れないつもりだ。あの父に追い出された日と共に、小さなミスが大きな悲劇を生む例として心に刻んで用心して生きてゆこうと誓っていた。

正月には主人は機嫌が好かった。気味悪い程に優しかった。おかみさんもそれ以上だ。ひろしさんは主人の盃でお酒をもらい正座して飲んでいる。良二とひさしには月給以外にお年玉が千円ずつ出た。信一にもジャンパーを一着くれた。昔、息子に買ったもののお古だった。

その息子が東京から帰って来る。東京の大学に行っていた主人一家の末っ子が今年卒業する。

一月は寒い日が続いた。正月気分で気前の好い客が多い。高価な時計が次々と売れていった。

晴れた風の強い一月末の日、とうとう午前中に百円玉を盗った。五十円玉より効率がいい、二回で二百円だ。

「毎度ありがとうございました」

と手の中で百円玉四枚を数えながら客の背に頭を下げる。これでレジスターには三枚返せば成功だ。派手に音だけでも四枚入れたようにする。右を見て左を見る。客と客と客だ、今なら他の三名の店員は対応中で忙しくて気がつくまい。

ドーンといつものように元気にレジスターを閉めて立ち上ったその前に主人の目が二つあった。燃えるような怒りがその中に見える、信一の心臓はもう喉元まで飛び上って来ている。頭に向って体中の血が音をたてて昇って来た。目が霞んで来てもう周りの何も見えない。

「信一っ、今何をやった、その手を開いて見せなさい。何てことをするんだ」

奥の間に引きずり込まれて主人とおかみさん、番頭のひろしさんに取り囲まれる。家に電話が行き母が大あわてでやって来る。

長い長い一日。目の前が真赤になったり真黒になったりの一日。ひさしも殴らない。良二も何もいわない。汚い物でも見るように人間以外の物を見るように、今まで一緒に寝起きした事を後悔するかのような目で信一を遠くから見る。

母が泣いて詫びた事。信一がはじめてだと言い張った事。息子が大学を出て跡を継ぎに帰って来ること。父や信一の担任だった教師の居る学校にも出入りして商売している事。

理由はきっといくつもあったのだろう。

雨のち小降り。という事で考えたより簡単に店をクビにしてくれた。即刻荷物をまとめて出て行けというおだやかな結末になった。盗ったその百円玉は取り上げられたし一月分の給料もナシ。以外は一切不問という事となった。

まだ昼前だった。母は安定所へ行って住み込みの職を探そうと言う。信一には思い付かなかった大人の考え方である。仕事とはそうやって自分で探して自分の納得で生活していく事が出来るという何でもないことすら知らなかった信一。

もうすぐ十八歳になる。

小さな荷を持って母の詫び声を背に振り向かずに表へ向って歩き出す。

店を出ると北風の吹き抜ける街の上空に新春の太陽がまぶしく輝いている。

空はどこまでも晴れ渡っていた。

# 足払い

汗と体臭の満ちた場内に一歩足を踏み入れると八時間の単純労働にゆがんだ肉体が闘志をむき出しにして緊張を作る。

その瞬間の快感の目くらみを通過して今日も相馬は蘇生した。

密生した胸毛のすべてに汗の玉をしたたらせたそのぶ厚い肉塊がたたきつけるようにかぶさって、したたかに後頭部を畳の合わせ目に打ちつけられる。

真赤に燃えて乾いた喉の奥に、鼻から吸い込んだ春草のそれに似た青畳の香りが一抹の清涼さを運んで、極限まで疲労した肉と筋のすべてに屈服を拒否させる最後の戦いへと駆り立てる。

巨体の胸の下でガッシリと決まった「上四方固め」。

カァーッと充血させた顔面をふりみだし、相馬の四肢が拘束からの解放を求めて牙をむく。

汗がふき出して流れ込み目がかすむ。払う手も、ふるい落とさんがための体も固定を強制され続ける。

肉体がそれを確認した時から相馬はケダモノになる。絞め技が首を襲う。止められてしまった呼吸の中で経過する時間は死のイメージを広げる。その時相馬の肉体を吹き抜ける快感。

寒稽古の熱気の中でわずかの二時間がまたたく間に肉体の消耗と共にすぎてゆく。燃えつくした心身に今日も冷水が心地良い。やっと本当の一日が終わった実感にひたり込んでいる相馬の耳に、シャワーの音を引き裂いて同僚の誘いの声が聞こえてくる。

「打ち上げだ。飲みに行くかー。ソオマよーっ」

「前祝の景気付けに一杯どおだよぉ」

N工業本社代表として明日から相馬は全日本実業団柔道大会に出場する。オリンピック代表選考を兼ねた今回は全国から実力充分の強豪が集まってくる。三十代半ばになろうとしている相馬には荷の重い大会が、それでも何かしら心弾む期待感をもたせてそびえ立っている。

一

　目の前をせわしなく左右に体を動かして重心を低く摺り足で後退する相馬の隙を窺っていた対手の身体がふっと沈んだかと思うと、丸まった背と腰が胸の前へスッポリとはいり込んで来た。「背負い投げ」にやってきたその対手の腰が胸に付く寸前、突然に相馬は後退を前進に切り換えてその腰を抱え込みに出た。そのまま体重を掛けてのしかかっていく。当然後退して腰を落として防御するとばかり相馬の動きを計算していた、その逆をついた攻め。技の決まる寸前のバランス移動中のもろいその背へ腰へ、相馬の体重がかかる。その重みを受け止めかねて対手はよろめき、そしてたたらを踏んでしばらくこらえた後で崩れるように前へ倒れ込んでいく。そのまま背にしがみ付いて相馬は馬乗りになっていく。

　驚愕の顔付きが振り向く。信じられないといったその目。その振り仰いで持ち上がった顔の下にできた隙間に相馬の左手が滑り込んでいく。衿に達すると強く握りしめて引く。それを背中まで引き付けた時、「後ろ袈裟固め」が完成する。喉の所で空気の出入りがストップして三十秒。指先がしびれて感触が無くなっても相馬は耐えた。背に乗せた相馬を三十センチも跳ね上げるほど、相手はもだえ苦しみ暴れ回った。その顔面をゴシゴシと畳の縁に押し付け、反撃する闘志を絶望感へと変えていく。相馬の胸の中で何かがフツフツと煮えたぎってくる。背筋を上がってくる密やかなエクスタシー。

「一本。それまでっ」

主審の勝利の宣言を、まるでオモチャを取り上げられた幼児のような気持ちで聞く。スッと引いてゆく快感。勝利の喜びは湧かない。

## 二

左へ左へ。対手に合わせて摺り足で重心を移動する。自然体で構えて自在に対応する。気張らず軽々しくもせず。押さば押せ、引かば引け、なるがままに動く。重心はよどみなく畳面を滑らす。左へ左へ。

一回戦をH商会代表と戦い、一本勝ちしていま二回戦。上から二段目、スタンド席のちょうど真ん中に水色のワンピースを見つける。京子だ。

右足の前を風が動いた。微かな風圧を感じて本能的に腰を引く。スタンドに京子を見たその相馬の一瞬の気の緩みにつけ入って、対手の技が仕掛けられてきた。対面していたその顔が思いっ切り後ろを振り向いて、つられて身体全体が鋭く回転する。危機を察して素早く引こうとしたその相馬の腰の前にすでに対手の尻がピッタリと密着されようとしている。

これで組み合った腕を抱え込まれてしまえば、あとは腰と脚を跳ね上げて身体を持ち上げられ、そして空中で半回転しながらその対手の汗に濡れた胸に相馬の胸が接続しながら、試合場の畳の上へ墜落するしかないのだ。

二回戦の見せ場を作って「払い腰」の大技の餌食となり、敗北の肢体をそのビヤ樽のように横太りした男を胸の上に乗せて観客に晒す。N工業からの後援者達の目前でそれがいま現実となりつつある。京子が見ている。

相馬の対応はしかしすでに効力は大きく減らされてしまった。引き付けられ抱え込まれようとしている左腕を振り切ること、それのみがこの時点での唯一の防御策なのだ。セオリー通りの相馬は左腕に力を込めて引きもどそうとするが、それこそ勝敗の分かれ目と知っている対手の握力には万全の力がこもっている。引かれる。引き付けられる。そして抱え込まれるその寸前、相馬は我知らず暴挙に出てしまっていた。

握った対手の衿口から手を離して、そしてその手で相手の顔面をつかもうとした。技への対抗、精一杯つっ張っていたその衿口の手を離したらもう身体を支えていることは出来ない。グラリと揺れて自分から技に掛かっていくその過程で手がその男の顔に届いた。いや正確には顔の中の鼻のその先端にやっと伸びた。

そこから幸運が始まった。入ってしまった。スッポリと伸ばし切った指の先が、中指と薬指の先が二本、二つの穴の中につき刺さってしまった。それはまったくの偶然であり故意に行なった反則といったものではない。そして割れて血の滲んだ爪の角が柔らかな内側の粘膜にくい込んだ。

息を荒くして穴を大きく広げて鼻から酸素を取り込もうとしていた矢先にそれがストップしたので、対手にとってそれは一瞬目の眩むような衝撃であったらしく、喉の奥から不快な擬音を発しながら顔が横に振られた。指は抜けた。すぐ抜けた。審判すら正確には事態をつかみかねるほどのその短い時間の中で、いくつかの動作が、しかし裂けた爪の角にかすかに血と数ミリの粘膜を引き連れて終わった時、局面は大きく変わっていた。

アクシデントに、万全だった対手の技の仕掛けが綻んだ。鼻の穴が詰まった。驚いて振り切った。

不完全な形でその「払い腰」の技は終わった。もつれ合ったまま二人は崩れ落ちるように畳の上にへたり込んでしまった。割って入った主審が二人を立たせて改めて試合の続行を宣告する。

左へ左へ。再び二人の重心が畳の上を移動する。

この男もB自動車の代表として企業の名と自分の立場を背負っていま相馬に立ち向かっているのだ……と考えるとその赤い点のような血の滲みの見える鼻の穴をこちらに向けている横太りした対手に、何とはなしに同情を感じてくる。

こうやって自分は会社で伊藤と十年間に渡ってN工業本社代表の座を争ってきて今やっとその頂点に立っているのだ。会社と社員達の名誉と声援を一身に受けて今ここに自分がいる。こうして二人は競わなければならない立場にいる。何のために、会社のためにか。俺もこの男もそんなことを目指して柔道に打ち込んできたのだろうか。相馬の心の中で小さな揺れが少しずつ広がっていく。

# 三

「S大学柔道部出身の伊藤です。仕事でも力いっぱいねばり腰を発揮してガンバリます」

続いて何人かの自己紹介の後で順番が相馬のところへ回ってきた。販売事業部の朝礼の折、五十音順で新人社員が初出社の挨拶を行なった時のことだった。

「私は相馬です。伊藤君と同じ職場ですのでよろしく」

口下手な相馬には伊藤に先に言われてしまった言葉以外を捜し出すことができなかった。高校そして大学時代、いつも伊藤が一歩先を歩いていたことがこの会社でもまた繰返されようとしているのだ。そして独身寮に入居して販売事業部の二つの課にそれぞれ配属されてから十年。相馬が伊藤の前に出たことは一度もなかった。

無数に生産されてくるN工業各地工場の完成品。その商品はすべて本社販売部で捌き切らなければならない。多くの販売代理店、そしてその先の得意先企業、商店、公社等々。

入社して四年がたって、相馬は流通管理部へ配転された。伊藤は主任販売員になってい

た。四年間相馬は受け持ちの得意先を連日足まめに回り、どんな小さな注文も地を這うよ
うにして拾い集めてきたつもりだった。伊藤はしかし小さな客は他の部員にまかせて、弁
舌と押し出しを武器に大企業に乗り込み、次々と大口の顧客を開拓し、入社の自己紹介を
実地で証明していった。

「構わんですよ。まあここは私にまかせて見てはくれませんか。私も男です。半端な仕事
はしませんから」

電話口でそんな大声で笑いを放っている姿を一度相馬は目撃したことがある。三十歳にもならぬのにその腹の出た堂々たる長躯がダブルの背広いっぱいに自信をみなぎらせていた。

その長身と体重をもって仕掛けてくる大技。「跳ね腰」は見る者の目を見張らせるような見事な決まり方をする。小柄で貧相な相馬の「送り足払い」のチマチマとした仕掛けぶりとひかえ目な決まり方。大向こうをうならせる伊藤の立居振る舞いは当然彼を柔道部長へと押し上げていた。

副社長が社員を連れて声援したその年の全国大会でベスト4に入った。補欠にもなれなかった相馬は病気と偽って応援には出向かず、深酒に沈んだ一日だった。

伊藤は係長代理になっていた。

立ち込める煙草の煙の中で男達が受話器に口を押し付けるようにして声高に叫んでいる。女達が次々に書類を写し記入し整理している。コール音で受話器が飛び上がっている。そこでもここでも。飛びつく女。両手で受話器を握る男も見られる。販売部は戦場だ。片隅に来客用応接ソファがある。大手代理店の幹部達を相手に伊藤がソファにそっくり返っている。例の豪傑笑いが室内に流れていく。一番出世で係長の座を射止めた男の迫力がまたひとつビジネスを成功へと運んでいる。

京子が来客への茶菓を盆に載せてそんな伊藤達の応接ソファへ近づいていった。目が合うと伊藤はひととき対話を止めて京子の視線に対峙する。きびしい管理職の顔がふっとゆるんで柔らかなまなざしで京子の目礼を受け、客にその茶をすすめる。

空になった盆を持って帰る京子の何気なく見やった窓の外ではいま工場から大量の商品が入荷してきた。運送業者の運転手や助手達が上半身裸の姿で次々に大きなダンボール箱を肩に負って倉庫に運び込んでいる。その中のひとりにN工場の社員が入って男達を指図しながら自身もトラック助手達の倍も肩に乗せキビキビと働いている。流通管理部の大きな商品倉庫の前には数台のトラックから入荷された段ボール箱が山と積まれている。

かなりの時が過ぎ新たな来客へ麦茶を運ぶ時、京子はその青年を再び窓の外に見つけた。もう日は傾き出し荷は大半が運び込まれ、あと少しで終了するところであった。立ち止まって青年は額の汗を作業服でぬぐっている。同じ社員として特に何という気ではなく、京子は帰りがけにひとつ残った麦茶のコップを持ってその倉庫の前に来た。

「御苦労さま。どうぞ冷たいものでも」

立ち止まって確かめるように京子の制服を見てから青年は笑顔になって手をコップに差し出した。ひといきでグイグイと飲み干してしまってから残った氷片を齧り出した。

「いやあ、うまかったあ。ありがとう」

礼を言いながらまた青年は額の汗をぬぐって顔を上げた。陽に焼けた浅黒い顔の中で歯の白さがまぶしい。はだけた胸に流れ落ちる汗を見つけた時、京子はふっと健康な男の匂いに包まれた気がした。


それが相馬と京子の出会いだった。

## 四

左足を対手の腹の下あたりに当てて、後ろへ倒れていく。のしかかってくるその男の勢いを利用して後転していく。その時対手の衿を握った両手は強く手元へ引く。足は真直ぐに伸ばす。足裏へ対手を乗せたらもう「巴投げ」は決まったも同然だ。そんな相馬のもくろみは見事にはずれて股の中へ入り込んでのしかかられ、いま「上四方固め」におさえ込まれる寸前だ。負ける。頭の中に敗北の二字が浮き上がってくる。

するとまたあの一回戦で相馬に負けたあの男の後ろ姿が思い出されてきた。敗れて背を丸めて退場していくその沈んだ後ろ姿。そして声援に来ている自社の幹部達の前でひっきりなしに頭を下げている。社を代表して来たあの男にもう陽の当たる機会は無いかもしれない。一回戦での敗北はあまりにもみじめだ。相馬はそんな企業や他人とかのためにではなく、自分自身のためにだけ闘い勝ち抜いていきたいと強く思っていた。いま相馬には柔道しかない。

手で頭をかばって体を丸めてまるで穴にこもったような形でただひたすら攻撃から逃れようとする。芋虫のように身をくねらせて場外との境目のそのラインを越えようと必死に逃げ回る。

京子の目に今の自分がどう映るのか。それだからこそ今ここで敗れたくはなかった。再度の反撃で男らしい闘いを見せたい。すでに社を代表する二人の選手のうち一人として伊藤は三回戦を苦もなくクリアしている。今年こそ伊藤の優勝の可能性は大きいとあるスポーツ紙は報じている。

「そしたら私はあの人と一緒になるの。でも……」

京子のあの言葉がよみがえってくる。でも……の次に何が言いたいのだ。一カ月前、京子が販売部の窓から見た相馬の姿。夕陽を背に受けて北風に追われるようなその姿。

受注締切り午後四時を目前に販売部内は今日もまた戦場になっていた。ダークスーツに身を固めた戦士達が目標に向かって飽くなき挑戦を繰り広げる。実績表が壁から見下ろしている。その前に仁王立ちになって声を荒げて督戦するそのダブルが似合う切り込み隊長こそ課長の内辞を発令されている伊藤その人である。次代の販売部そして明日のN工業本社を背負っていく男。そして窓外には、北風の中ただ一人丸めた背に重そうな荷をかつぐ相馬。流通管理部万年平社員。

それでも京子は相馬についてきた。浅黒く陽焼けした笑顔の中でまっ白い歯のまぶしさと汗の臭いの中で立ちくらんだ青春の一ページ。その日以来の誠実な青年との日々。相馬といる時間こそ自分の人間を感じる時だと信じて来た日々。

伊藤は強引だった。それしかない男だった。自分しか京子を幸せにできないと信じ込む男だった。自信と突進で目標を極め続けて来た男。その男が目に涙して跪《ひざまず》いて愛を告白した時から京子は揺れてきた。親達の願う貧しさのない平穏な家庭。いくつかの恋の遍歴の中で知った男達の仕打ち。打算が頭をもたげる女の二十八歳。

# 五

枕元をいま一台、腹に響く轟音を残して行き過ぎたすぐ後でまた次の音がせり上がってくる。ブロロオと次第に高くなり耳元すれすれに接近して部屋とダブルベッドの上の二人をゆすぶり上げて、その音が消えた後の静寂の中で男と女の裸身がうごめいている。

駅裏を降りると北風が正面から襲いかかってきて、コートの襟を立て肩を寄せ合って左に曲がって迷路のような飲食店街の露地をさまよい始めると、今日もまた二人の貪欲な貪り合いの時間がやってきた。

手垢で黒光りするテーブルといびつな丸椅子しかない小さな店内にあふれる作業服姿の男だらけの中で次々に飲み干す安くて強い酒が、二軒目そして三軒目と体中から理性と知性と希望の三つを麻痺させてゆくまで、さらに獣の内臓のゴッタ煮を売る店の奥や、いぎたなく酔いつぶれて床に転がるボロ布のような男達のいる店へと二人は飲み継いでいく。気がつくと今日もまた二人はその宿のベッドの上にお互いをさらけ出していた。

川を渡った第三京浜国道が大きくカーブを切って窓の外ピッタリに走っている。去来する車のエンジンのうなりの中で京子の発する絶叫もまたかき消されていく。

頭を振り立てて口の端から漏れるその叫びを見下ろす相馬の目にバッサリと結びを解か

れて乱れ広がった長い髪の黒さが純白のシーツの上で蛇のようにうねり波打ち、汗でギラギラとした京子の顔の美しさを女神のように際立たせる。大きくせり上がって乗っかかっている相馬の身体ごと持ち上げて反り返る白い腹から背に回した腕に相馬の力が加わる。

〝クソウ。胎ませてやる〟酒のためグルグル回る部屋の内と心の中のすべてを振り払うかのように相馬の唸り声が低く洩れる。回り回る心と身体のその快感の中心に向かって相馬の体内からすべての思いの丈が音を立てて流れ出した。

〝クソウ。胎ませてやる〟百キロの巨体を押え込む時よりも強く相馬は京子を組み敷いていく。

〝やめて〟男の昇りゆく気配を感じて京子の口から拒否の言葉が出るとビクウンとさらにひとつ大きく反り返り振り立てて相馬をはねのけようとするその上でいま、男の激情が達しようとしている。頭いっぱいに広がった快感のその中心から一気にほとばしり出る激流の波の中で京子の裸身が紅を刷いたように染まっていく。

頂点の満足感が長く続いてその後に続く空白の時の流れが終わった時の二人の目と目が刺し合っていた。

「明日の決勝戦には来ないでくれ。伊藤とやるんだ」

「いや、行くわよ」

「俺がまたあいつの下で打ちひしがれるところを見たいのか」

「そうよ。そこが見たいの、ぶざまなあなたが」

## 六

高い視点から見下ろして薄くなり出した頭の上へ鼻からの空気をふりまきながらつかみかかって来る伊藤の組み手を切り返し切り返し相馬は広い場内を後退する。腰を大きく引いて一歩また一歩と後ずさりしていく。

社内での練習でもいつもそうだった。無理矢理つかみ込んで来て腰に乗せる、投げる、そしてのしかぶさってくる。もう何度相馬はそうやって伊藤の胸の下でそのワキガの臭いを吸い込まされてきたことだろう。今日はその総仕上げだ。京子の目の前で決定的に踏みにじられてゆく。その先に伊藤と京子の結婚があるのだろう。相馬を切り捨てられない京子の心のほんのわずかな部分。そこだけで繋がって来た四年間。昨日の夜の言葉が相馬の頭に蘇ってくる。俺はここでぶざまに負けるべきなのだ。そうすれば本当に自分とのしがらみを切って京子はこの男の胸へ飛び込んでいけるのだろう。

相馬は顔を歪めてねじくれた心の苦しさに耐えようとする。何だったのか自分は。今あの高いスタンドから、この腰を引いてヨタヨタと逃げ回っている頭髪も薄くなり出したみじめな中年入口のこの俺を、どんな気持ちで見下ろしているのだろう。相馬にはそんな終わり方での青年時代のピリオドは耐え切れないことだった。

引きずり上げられて腰にもっていかれる。渾身の力で耐える。耐え続けるだけだ。十分間の競技時間いっぱいまでとにかく耐える以外に方法がない。襟首をわしづかみにされて広い試合場の畳の上を右に左に前にうしろに引き回されていく。まるで家畜のように。

ついに持ち上げられてしまった。そして腰に乗せられていく。このあと伊藤の左足が畳を摺って飛び込んでくるのだ。いつもそうだった。高い位置で半回転させられて、回ったところで一時静止されてそのまま約百センチメートル下の畳めがけて体重を乗せてたたき落とされるのだ。五体が分散しそうな着地のショックの中で決定的な敗北を味わわされてきたのだ。今またその瞬間がやってきたのだ。

絶望感の中で最後のひとあがき、体をゆすって組み手をふりほどく努力をする相馬。そののけぞった顔の視線の先が見つけたあの水色のワンピース。京子の顔がクローズアップで接近する。ひややかな視線と交叉した時相馬は本当に狂った。頭の芯から怒りが沸き上がってきて身体中に広がってゆき、いっぱいになって爆発した。

大きく持ち上げられて伊藤の腰の上を回転する寸前の相馬の右足が伊藤の軸足の前を通り過ぎようとしたその時、くの字に曲がっていた相馬の足が突然ピーンと直線に伸ばされた。そして伸び切った足の先が伊藤の膝の前に引っかかった。絶対禁止の動作を行なった相馬だった。

こうしてからまった足は、駆けていく両足の中に棒を差し入れると転倒する時と同じ状態になっている。もつれ転倒する伊藤。どちらかの足が折れる結果となる。

引きずり回され、つまみ上げられて京子の目の前で負け犬としてたたきつけられようとしていた、その土壇場で相馬の足が引っかかった。その時はじめて京子には相馬が見えたような気がする。あのまぶしかった白い歯並びの日から長い四年目。いつも京子には相馬がはっきりと見えなかった。おぼろげながら貧相を正視出来ず酒に理性が溶け切った中でしか正対しえなかった四年間。それが決定的な破滅を迎えようとしている今、はじめて相馬の全身がはっきりと見えたようだ。人生丸ごと足払いされた一人の男のそのおしまいの姿。

もつれて一体となって倒れていく二人。足が折れた音が聞こえたようだ。見つめ続ける相馬。迎えてはじき返す京子の視線。刺し合った二つの視線のままで時間は止まった。

# 二十八歳の頃

## 《砂》

風に追われた砂粒が、人気の絶えた露地を次々に疾走して行く。

両側に連なる町工場や倉庫の軒下には煤と鉄錆にくすんだ吹き溜りの層が重なり、その上を風に運ばれた砂粒達がすっぽりと布を被せたように白くしてゆく。

薄墨色の雲が低くたれ込め、三十メートル程先の信号機の赤い色が夕靄に溶け込もうとしている。

風が露地を駆け抜けるたびに、次々に新しい砂粒が地を薙いでゆき工場の板壁に音を立てて吹き付けられてゆく。

工場の天井近くに張り渡された太いシャフト。それがモーターによって高速で回転している。

そこから十台程の工作機械のすべてにベルトが引かれている。ひとつの動力源で十台の機械が動いている。

途切れとぎれの金切声を響かせて鉄が削られている。回転に合わせて小さな木造工場全体がゆれ動いている。

風が強くなってきたようだ。北からの風が。

板で継《つ》ぎ接《は》ぎされた壁にある幾つかの穴のうち、北向きのその小さな穴からは絶え間なく砂粒が吹き込んで来るようになった。

露地を隔てた斜め向かいの産業道路を、鉄材を満載した大型トラックが次々に駆け抜ける。運河の橋を渡る音と震動が微かに伝わって来るとペンチーレスの据え付けの悪い脚は又小さく震え出した。

高速で回転する鉄の表面にバイトの先端が近づく。削がれてゆこうとするその薄い鉄の皮にノズルから流れるスピンドル油がたっぷりと注がれてゆく。赤熱した鉄片はその瞬間に白煙を撒き散らして螺旋状に丸まって足元に落ちていった。

「チッ」と舌打ちして明は顔を上げる。又砂が飛んで来たのだ。こうやって大型トラックが左折して通り過ぎる度毎に露地いっぱいに砂粒を舞い上らせる。東京湾を渡って来た強い木枯しがその産業道路に湧き立った砂埃をここまで連れて来た。

「クソォー。又駄目だ。あせるなあ、三つ目だぜ」

思わず呟いて安全靴の先で機械を蹴り付ける。

作業の手を止めて睨み付けるその小さな穴から次々に吹き込んで来る砂粒。カバーから漏れる作業灯の一筋の光の中を通る時、彼等は一瞬ひとつぶずつが生命を持ったかのように白く輝いてくねりながら進む。その後で工場の隅の吹き溜りの小山を又少し太らせて降り積もってゆく。

鉄粉と砂粒と機械油とで固まっている吹き溜りの高さほどの歴史が、明の日々が、この工場の隅に残っている。

「よせよせあせるなよお、損だってば、明チャンよお、無理なもんは無理。バイトが泣いてらあな、使い方が荒くて困るとさ。どうせ今日も楽しい深夜残業が待ってる事だし、のんびりゆこうよ日本は、そんなにあせってどこへ行く」

とっくに自分のプレスを止めて煙草を吸っていた光二が間延びした声でからかって来る。

赤熱した切削面に砂粒が付着してしまうので寸法測定時にわずかな誤差が出る。それが精密度の高い作業には大きな障碍となる。この木枯しが砂粒を運ぶ季節になるといつも苛立ちがつのって来る明だった。

風に押されて小さな穴から乱暴に小屋の中に雪崩れ込んで来て、そこでふいに勢いを失う。機械までにたどりつく直前に進みを止めてゆっくり舞い落ちてゆく。

キラリ、キラリと白く光を反射させて砂粒ひとつずつがその短い光の中で生を終えてゆくように身をくねらせそして消えてゆく。次々に瞬時に多様の生と死を見せて通過してゆく無数の砂粒。

「ミクロの技師《わざし》だ。砂粒ひとつの誤差も許さないとは本当に頭が下がる思いだ。納品に行ってよお、職長がほめられてよお言うぜ言うぜ。旋盤ひと筋に四十年、私にはこんな事しか取り柄がないもんでだとよ。テメーなんざ事務所でふんぞり返って他人の削った物納めに行くところだから。よく言うぜ大した口の技師《わざし》だ」

はばかりのない大声が機械の音を突き抜けて背中に振りかかって来る。若い声だ。

その声を見るような仕草で素早く壁の時計を見る。もう十分で終業時間になってしまう。終らない。予定の三分の一近くも残っている。光二に向けた薄笑いをバイトの刃先にもどした時には前にも増して焦りが体全部を包んでいた。

「近ごろとんと見かけねえよなあ、口の技師《わざし》が機械の前に立つ処をよお。それでもって客先で抜かしたわな、イマイチ若い者の腕が上がらんから現役降りるにおりられないとさ。世も末だね」

昔、光二が不良品を大量に出した時。職長に作業者の名を客先で呼び捨てにされている。

「泣くな光二。今の俺はこの仕事終らす事しか眼中には無いからな。お前のグチにつき合ってらんないよ。悪いけど」

今日もこの進み具合では残業は四時間たっぷりある。

「その技師《わざし》の件ですがね。まだ専務の処らしいぜ。朝っからずうっとだからなあ。て事はボーナスは又々渋いんじゃないのかな。こわいですね。本当に恐ろしい事ですね。三年続けてこれじゃあよお、真面目に働いてらんないと思うけどなあ。五分前になっても機械廻してるモンの気が知れんなあ」

工具箱にのせた光二の足。破れたズボンのその穴からは脛毛が数えられそうだ。ガタガタとその足を貧乏ゆすりさせて光二はなおも話し掛けて来る。

「日曜出て残業も八十やって。技師《わざし》の名前は勝手に使われるし、バイト駄目にしてばかりいるからと文句言われ、その上光二の仕事も面倒見てあげなさいね、か。本当にエライッ。明チャンはエライ。俺、勝手に表彰しちゃうもんね」

そうやってもう十分間もサボっている光二。いつもの事だ。仕事は早い。いや要領がいいのだ。手筋がいいのだ。しかしそうやって早く終わればその分どこかで油を売る光二。けっして給料以上の働きをしようとはしない。

「ヨセヨー。おまえ終わったんなら先に晩メシ喰ってろよ。明日六時までに納品だぞ、この百個」

毎年、暮れになるとこの忙しさだ。ベンダー。ボール盤。シャーリング。そしてプレス加工。溶接。旋盤にミーリング。十人そこそこの工員と機械。朝の八時三十分からぶっ続けで十時間も十二時間も悲鳴を上げ続ける。

十トンホイストで吊り上げられた鋼材が工場の中をガラガラと運ばれてゆく。待ち構えている工員が両側から酸素バーナーで切り離してゆく。バーナーの先口からの超高温の炎が厚い鋼鈑を舐めると、たちまち鉄が溶け出し、さらには火先は裏側にまで吹き出る。火玉になった鉄片が派手に向う側に飛び散りながら少しずつ移動してゆく。やがて鋼材は火先の通った処から二つになってゆく。腰を落とし肩をいれて踏ん張った工員達の背で六十キロのアセチレンボンベがあえいでゆく。突然に沸き上がるベルトサンダーの金切声はギャーギャー、ギャンギャンと脳天を貫いてスレート葺きの屋根に当る。反響して四方八方に飛び散るその不快音のこだまがしばらくは工場内を制圧する。めげずに続くトントン、トントンという規則正しい連続音。小型プレスが一日中あきずに動いている。薄いステンレス板から六角形の小片が打ち抜かれ、バケツに何杯も溜っている。冬だというのに大型シャーリングで鋼鈑を切断していたランニングシャツ一枚の男が、一升ビンにいれた水道水を片手で取り上げて上を向いてグイグイと流し込んでゆくと、その咽がポコポコ動いて大量の水が胸から腹中へ落ちてゆく。流れる汗をぬぐうと男は又鉄を持ち上げた。光の爆発が突然に始まる。白昼色の光がはじけてその上を大量の煙が立ち昇ってゆく。アーク溶接だ。鉄と鉄が高熱の中で溶け合って接続されてゆく。

ところかまわず作業が繰り広げられている、やたらとうるさい小屋の中で顔中を声にしてツバキを飛び散らしながら怒鳴り合う光二と明。

ようやく当りが出て来て鉄塊が快調に削られ始めた時、運河の向こうの大工場で五時のサイレンが鳴り出した。それを合図にあたり一帯の町工場の機械のうなり声が止まった。

朝八時三十分からの長い長い一日が終わったのだ。


残業になってしばらくすると又光二が機械を止めて寄って来た。工具箱の上によっこらしょと声を出して腰を下ろすと、しばらくはそのままの姿勢で目を瞑っていた。やがてホーッと全身でため息をついて足を大きく伸ばした。

「仕事って本当に楽しいもんですねー。この年でやっとわかりましたよ。毎日、毎日バカみたいにまるっきし同じ事ばかり繰り返して、お天道様見る事もなく夜おそくまでよー残業して。気がついたら定年なんですよねー。俺もつくづく偉い奴だと感心するぜ。バカでもやってらんないような職場で青春バリバリ発散させてんだから、表彰もんだぜ、こいつは。楽しい楽しい残業だー。バンザイ、バンザイ」

工具箱から柄のはみ出していた木ハンマーを握ってバイス台を二度、三度と殴り出した。

「オイ、バカヤロー、マテマテッ。今大事な場所削ってんだからコノー。ヤメロ、ヤメロテメーこの、俺に当るなよ俺に」

明は削り上げた部品を測定していたマイクロメーターの先で光二の頭を小突いた。その頭の向うのあの小穴から又夜の風が吹いて来て壁の安全ポスターが大きく揺れた。

「ひとつ削って会社の為に。ふたつ削って職長の為に。三つ削って光二チャンの為にとくりゃあ。四つ削らぬ先に命が削られる。明チャン悲しや技師《わざし》悲し。ハンドル握って死んだとさ。それでも機械は廻ってたと来りゃあ」

何とも間の抜けた調子を付けて光二は口から出まかせのセリフを言いながら今度は木ハンマーで自分の肩をたたいている。

バイス台には朝から削った小さな部品が同じ間合で正確にぴっちりと並んでいる。図面が二枚。計測器各種。そして工具。バイトの刃先は横二段で小箱に三つ。どれも上下揃えてきちんと整理されて置いてある。

ハンマーを置いて明の削った部品をひとつひとつ等間隔に並べてゆく光二。光二は見かけの粗暴さに似合わず几帳面でナイーブな処がある。耳の下まで伸ばした髪のリーゼント、それを何度も何度も整える。便所でも食堂の鏡の前でも、そして作業中も手鏡を出して。たった一本の髪の乱れも自己の全存在が否定されてしまうかのように、しつっこくいつまでも鏡の中の自分を許そうとはしないのだ。

こんな小汚い掘建小屋のような陽の当らない作業場の吹き溜りで、油と埃にまみれて一日中、ことによると真夜中までの残業、残業に追いまくられながら、しかし彼のその頭髪だけは貴公子のようなスタイルを崩しはしない。アイロンパーマとエムジーファイブで固めたそのリーゼントカットは光二の青春の砦かも知れない。

風が砂を運んで来た。夜の風が小穴を通して次々に送り込んでくる砂粒達。バイス台の上に又新しい砂が積ってゆく。なのになぜか光二のリーゼントまでは届かない。ほんのわずか手前で力を失った風。砂は空しく機械の上と床に落ちてゆく。

「そうカリカリ働くなって。禿げるぞ三十前に。どうせお前だけ終わっても、俺の方が出来上んなきゃあ、とどのつまり今日は帰れやしないさ。セットで同じ処へ納品するんだからな。んじゃまあ、俺はクソして寝るか」

ハイライトを一本出すとゆっくりと火をつける。深く吸い込んでそのまま昇ってゆく紫煙に片目を細めて小首をかしげている。長い脚を少し折り曲げて片方だけ工具箱の端に乗せている。片手は腰に、体はわずかに傾けてバイス台に背を当てている。

やがてゆがめたくちびるの端から吐き出された煙が光二の耳元をかすめて闇の中へと消えてゆく。

ボロ小屋のボロ服の工員にはその動作は不似合いだ。一本の乱れもなく決ったリーゼント、端正な目鼻立ちと口の端に見事におさまったハイライトから昇るひとすじの煙。長い脚、そして隙のないポーズ。まるでそこだけが映画の主人公の一シーンになっている。

「俺だって何も好きでカリカリ焦ってる訳じゃないけどなー。職長が言ってたじゃねーか。今やってる分までを年内に納品しないとボーナス出ないってよー。火の車の金繰りは毎年のことだけど、今年は一番ひどい気がするな。もう朝から三本もバイト折ってるんだ。泣きたい気持ちだよまったくの処」

　十人程の工員を指図する職長はいつも光二の分まで明に責任を押しつけてゆく。二人分の仕事とギリギリの納期。一向に馬力を上げない光二、その分だけ明の神経は張りつめる。

　不意に静かになった。トントンと長いこと同じ音を立てながら休まず鉄板を打ち抜いていた奥のプレスが止ったのだ。ひとつの電灯が消された。もう残業を続けている者もほとんどいなくなった。夜の寒さがとたんに体一杯に感じられた。

「明日一日で正月休みだ。本当に明日はボーナス出るんでしょうかね。暗いぜ、暗くって暗くってたまらん年の暮だぜ。明大明神様、イエス様たのんますよ」

　ここで明が働き出してから冬のボーナスはいつも決って十二月の最終日である。それでも出てはいた。毎年いくばくかの額は出ていた。そしてそのわずかな金額こそが明にとって正月を演出出来るたったひとつの元手なのだ。短い正月の間、酒を飲み昼まで寝ていられるひとときの安息。すべては明日のボーナスにかかっている。

「この一本でやめる。明日はバイト揃えて朝一から飛ばせば何とかなる」

正直言って明はうんざりしていた。夕方から激しくなった風に押されて次々に飛び込んで来る砂粒の為気持ちが乱されていたのだ。いやそれだけではない、正月が近づくのに洋子からの連絡がない事が一番の原因だ。

「十万以下だなんて事ないだろうな。こんな働きものの光二さんがよお。ヤダぜ、いつかみたいによ俺、富江ん処出入り禁止なっちまうぜ」

明だって二十万円は出ると心づもりしている。洋子と二人で国元の親に会いに行くのだとひそかに決めていたのに、十二月に入って以来まるで連絡がないのだ。

「三百本シャフト削って百五十万円。お前のフランジ百枚と合せて二百万。職長はこれで今年の目標が終わったと言ったんだ。本当にそうだといいけどな」

そう言えば去年も最終日の昼すぎにやっと仕事を終える事が出来たのだ。そしてボーナスも入った。しかし今年は明日夕方までかかるようだ。だが何としてもあと一日で終らせなければ来年が来ないのだ。

「フレーフレー明。会社は明で持っている。死ぬまで働け明チャン。本当にこれ位の大企業ともなると色々社員も泣かされますねえ。マッタク、あとは便所で泣きましょう」

そう言って大便に行く後ろ姿は、それでもまだ二十四歳の若さがあふれている。明より四歳若い。

あの日洋子の目は暗かった。

北風が正面から吹き付ける駅前で三十分近く待っていた後やっとホームに降り立った彼女を見つけた。

「すごく遠かったわ、よそうと思った」

女子寮を移ったのは彼女の希望だと言ったのにその言葉はどうしたというのだろう。

「いやよ。こんなにおそく。半分は来るつもりなかったの。でも」

いつものようにアパートへ誘う明になぜか洋子はかたくなに身構えた。いつまでも崩そうとせず立っていた。

「話があるの」

「じゃ飲もう。飲んで話そう」

北風に押されるように駅裏を廻り露地に入ると肩を寄せ合って犇めく飲食店街を奥へ奥へと向かい、手垢で黒光りするテーブルといびつな丸椅子しかない小さな店内にあふれる作業服姿の男達の中で次々に飲み干す安くて強い酒。洋子の暗い目の向うになにかを感じた明は話を切り出す前に酔いたかったし酔わせてしまいたかった。

十七歳の春、工場主の好意で入学出来た工業高校。そして四年間。残業もせずに空きっ腹で駆け込む夜学生生活。そこで洋子と知り合ったのだ。

最後の学年の時、明の学生生活に初めてバラ色の光が広がった。新入生歓迎フォークダンスの輪の中で話した十六歳の少女。ほんのひと握りの女子生徒の中のひとりに近づくことが出来たのだ。二十歳の明はそのチャンスをのがしたくなかった。洋子、洋子、洋子。少女の名前だけが頭の中を占領していたあの春。何もかもが急に輝きを増したかのような日々だった。

そして八年。二人にとっては、やり直しのきかない長い月日が過ぎ去っていた。

小さな設計事務所の住み込み事務員として働いていた洋子には夜学から帰ったあとも事務所の整理や、おそくまで残業する社員の手伝いをしなくてはいけなかった。その上、朝も早くから掃除や茶の用意等の雑務が多く中々授業についてゆけない状態だった。

初めての男女交際にのぼせ上っていた明にはそんな相手への思いやりなど考え付くはずがなかった。少しでも一緒に居る時間が欲しかった。九時の下校後もひんぱんに深夜喫茶へと誘っては中々帰そうとはしなかった。楽しそうに受け答えする時の洋子の目の端に浮かぶおびえと当惑に気付かなかった明は二十歳になったとはいえ、まだまだ世間知らずの少年でしかなかったのだ。

トレースの技術習得と一人立ちして働く日の夢を抱いて北国から上京した洋子。その十六歳の少女が広い東京でのたったひとつの生きる場所。小さな設計事務所は少女のその生活態度の変化を許してはくれなかった。

夏休みが終わって二学期が始まった時、学校の中には洋子の姿はなかった。気が狂ってしまいそうな日々を送りながらも明には何も出来なかった。

小さな小さな想い出と共に二十歳の日が遠くなってもう七年半の歳月が過ぎ去っていた。

この春偶然明は洋子と再会した。


広い通りからパチンコ店の脇を折れて入ると、露地の両脇にはいくつものバーや赤ちょうちんが軒を連ねて客を待っている。もう十時を回っているというのに露地は人でにぎわっている。どこの会社でもボーナスはすでに出ているのだろう。暮もおしせまっている。

体をすり寄せて来る若い女達の甘い声。脂粉の匂い。

「チョットオ。好い男のお兄さん達。溜ってんでしょお。体に毒よ。スッキリ、サッパリ三千円。何でもありの三千円。サービスするわよ寄ってらっしゃいよ！」

足取りが乱れる光二を引き寄せて店の前を通りすぎようとする。明の服を少し握ろうとした女は手を離す。

「何さ、その気になっても入ってこれないの。ふん見栄張るんじゃないよゲルピンのチョンガー」

振り切ってゆく。声が後へ残っている。色々な女達の声の中にふっと気になる声が混じっていた。ふり返ると作り笑顔の女達の中にやはり洋子の顔はなかった。

光二が先になって狭く急な階段を下りてゆく。扉を押すと閉じ込められていた音楽と煙が一瞬のうちに二人を包み込んだ。もうかなり酔いの回っている光二は崩れ込むようにボックス席についた。口の端から糸を引いたよだれがテーブルを汚した。

「御無沙汰ね。明さんも久し振りだわね。いらっしゃい」

カウンターを回って富江が半分程残っているボトルを運んで来た。光二のよだれを見るとおしぼりを取りに又もどって行く。

「ああそうだ。死ぬ程働かされてよー。見てくれこの手を、まだ油が付いてやがるぜ。バッチイ油がよー。こいつは死んでも取れないぜ。アー、バッチイ人生でした」

酔いが回って口調のもつれた光二の顔にオシボリを当てて富江がゴシゴシと拭っている。汗と油とよだれで薄黒くなったそれを又替えて何度も拭っている。首筋と胸元に手をいれてそこもていねいに拭う。まるで光二の全身から仕事の臭いを全部取り払ってしまわなければならないというように何本も持って来たオシボリを取り替えては続けている。

「光二はね。今日俺に付き合って九時半まで居残ってたもんで大分疲れてるよ。その上もう前の店でかなり早いピッチで仕込んでしまったからあまり飲ませちゃ駄目だよ富江チャン」

ようやくオシボリを離して氷の入ったグラスを二人の前に並べる富江に明は釘をさして

おいた。疲れていなければ体力にまかせていくらでも飲んでしまう光二の為にも自分の為にでもあった。

「酒は、酒は天下の回りものだい。俺の酒を俺様が飲む。これで又明日も元気で働けるというもんだ」

それでも氷の浮いた水をひと口飲むと大分光二の目に生気が戻って来た。それを見て富江はウイスキーのボトルを開けて二人のグラスに注ぐ。そのあとで自分のグラスを一番濃く作って半分近くをひと息で飲んだ。

富江は光二より三つ年上で離婚経験があると言っていた。三年程前からこの店に来た。光二とはその時以来の仲だった。そして一年前からは光二は富江の家に泊まるようになっていた。いつか工場で光二は富江が病気の母親と二人で住んでいると言った。飲むと必ずおしまいはこの店に来る。

工場では何度か富江の事を話す光二。しかしそれは自慢というより投げやりといった語り口である。結婚する気もある訳でもない訳でもない。なりゆきだなどとも言っていた。好きとかどうとかもはっきりとは言わない。月に一度位は飲みすぎた日に泊まっているようだ。明にも本当の処は良くその関係がわからないのだ。いつも他人事のように自分と富江とのいきさつを話している。

「ボーナスが出る。やっと出る。そしたら十万はここの借金払う。半年ぶりに払う。そんでもまた五万円以上残ってらだな。その時は富江と温泉旅行だ。光チャンは気前がいいんだ全部使ってしまう人だもんね」

酔いが切れたかのように一人はしゃぐ光二の声が頭の上を素通りしてゆく。それに替って明は、焼酎ハイボール。ウイスキー。日本酒。したたかに飲んだ安酒の酔いが一気に頭へ来たようだ。まぶたが重い。四時間残業。そしてそのまま飲み続けて二軒、三軒目。もうすぐ十二時になる頃だろう。どこの店だったか、焼きうどんを食ったな。もやしの筋がまだ奥歯にひっかかっている。それからレバ刺も食ったな。光二は半分以上残してしまっていたな。あそこの酒は強すぎたようだ。おや何という匂いだこの酒は、もう駄目だ体がアルコールを受け付けない。でここはどこだっけ、耳の奥でモニターの音がしている。俺はまだ仕事中だったかな。

閉店になって三人で連れ立って外に出た。

露地にもそして大通りにもすでに人影はない。夜半を大分回っている。

吹き抜けてゆく木枯しに煽られて舞い上がったポリバケツが道に生ゴミを撒き散らしながら転がってゆく。二歩三歩追った光二がそれを蹴り上げる。容器の側面に穴が空きそこに片方の靴が突き刺さったまま空を飛んで露地へと転げ込んでゆくバケツ。

「クソオ、バケツまで俺をバカにしくさって。頭に来たぞ」

片足跳びで追いかけてゆく。棒切れを拾って散々にポリバケツを殴り付けている。そのあと上に乗りあげてとうとう踏みつぶしてしまった。その棒切れでさらに電柱を殴り付ける。強く打ち付けた時折れた棒の先が飛んで今度は腰のあたりに当たった。すると光二はそのままうずくまってしまった。しばらく動かなかったが、

「うー寒いぜ。寒いぜ。酒が切れた。どっかでラーメンでも食ってゆくか」

先に立って歩き出す。空は晴れ、月はまんまる。電線が木枯しに泣いている。長身を丸めジーンズに両手をつっ込んだ影が白いコンクリート道路で揺れている。リーゼントは乱れを見せない。

「あたしもうあんな店やめたいわ」

屋台のラーメンを啜りながら富江が呟いた。

「考え方ひとつさ富江チャンの。酒飲んでバカ言って適当にやってられるかどうかさ」

「皆はそうよ。この商売やってる女達はね。そういうタイプじゃないのあたし」

笑い出そうとした富江の目の端から涙が溢れている。もう限界なのだろう。しかしどうせ他人の彼女だ。明には他に適当な言葉が見当たらない。洋子の事で頭の中はいっぱいなのだ。

「世の中、バカな男が多いでしょう」

どちらかというと光二に向かって言っているのだろう、顔だけは明を見ているが。

「ヤダ、ヤダ。ヤダゼ俺だって。ばかに生まれたのが運のツキよ。一日中機械にコキ使わ

れてよー。そんで人生終わってしまうなんてね考えただけでもゾッとするぜ。あーあ、バカは死ななきゃ治らねえー」

　昼の工場の中でだってそうだった。光二の口調にかかるとどんなグチも明るく輝いてしまう。若さがそうさせているのだろう。その若さが明にはたまらなく憎く思えてくる。

「俺よお、帰って寝なきゃ。明日の夕方までにあの残りのシャフト五十本削ってしまわんと本当にボーナス出ない事になるぞ。お前のボーナスも。まったくウチの工場の自転車操業には今年も泣かされるぜ」

　明は突然こみ上げて来るいきどおりを押さえ付ける事が出来なかった。両足をバタバタ踏み交わしながら持ち上げた丼の汁を思いっきり乱暴に啜った。それが逆流して胃の中のものが口に向かってこみ上げて来るようだ。ムカつく酔いが深い。頭の中がグルグル回っている。目の前の丼の形がハッキリ見分けられない。そう言えば残業のあとずっと飲みっぱなしだ。腹の中はブレンドされた酒がタップ、タップと音を出して回っている。年だなあ俺も。二十八歳の年齢がヤケに重く感じられてくる。こんなに酔ってあした又仕事して、何歳まで生きればこういう人生が終わるというのだ。

　歩き出して十分位してとうとう光二の方が吐き戻してしまった。最初の店での飲み方が悪かったのだろう。いつもの光二に似ず、ひたすらコップの中ばかり見つめて立て続けに焼酎ハイボールを三杯空けてしまった。そして急に元気を取りもどしたようにはしゃいだのだった。あの時の光二はコップの底に何を見ていたのだろう。

声を出して吐き戻してしまってから光二は長い事道端でしゃがみ込んでいる。

「来年か。来年になったら又次の来年こそと思うだけさ。そうやって年取ってくんだよな、俺達」

丸めた背を富江にさすられながら光二が呟いている。

「去年のお正月に飛んで行ってしまった凧。どうなったのかしらね。あたし達みたいね」

光二の耳元にささやく富江の顔は見えない。

「二十三か。あん時や俺もまともな青春やってたよなあ。一年で十歳は老けたぜ、俺も富江もよ」

光二の声が少しずつ上ずって高くなって来た。

「生まれた時も、死ぬ時も別々よね、あたし達」

明にはわからない。こんなクサイセリフがちゃんと様になってしまっている二人の関係。水草のような生き方かと思えばガムシャラに働くし、年上の女をあしらっているかのようにも見えるし、本気で傷口をなめ合っているようでもあるし、わかるのはその光二が明よりも四歳若いという事だけだ。その若さが、やり直しのきくその若さがすべてを可能にしているのだろう。どんな状況でも、どんな底辺にいても、いつも光を放っているのだろう。輝いて見える光二の生き様。明にはどうしても出来そうにないその軽くて重いすべての動作と言葉。そしてその乱れを見せないリーゼントが明には手の届かないずっとずっと彼方に行ってしまった事だ。俺にも二十四歳というものがあったのだろうか。ふっと明は自分の遠い過去をのぞき込むような気持ちになった。

「明さんどうするの。私の家へ来る?」

別れ道の処まで来て富江が言った。

「行こうぜ、もうおそいから」

どうしておそいと行くのか光二の言い方には何かしらチグハグな感じがする。

前に一度だけそう誘われて真夜中過ぎに富江の家へ行った事がある。海の匂う河口の土手下。そこに寄り集まっている古い漁師町の家並み。庭とも露地とも区別のつかない軒下を曲り曲ってたどりついた小さな家。隣は今も漁業をやっているのか境の壁には漁網が立てかけてあった。高い土手と隣家にはさまった月の光の届かない暗く細い一画にある富江の家。小さな土間とその奥の暗い部屋。ブツブツと呟きながら床に半身を起こしている老女を暗い部屋の奥に見ながら、台所の横の階段を二階に上がる。屋根裏部屋のような低い天井の細長い二間続き。入り口の一室に明が寝て、奥の間に光二と富江が入った。経文を唱えるような老女の間延びした声が階下でかすかに聞えている。奥の間からもいつまでも続く二人の会話。やがて女のすすり泣くような声も洩れて来る。下の老女が歩いているのか畳を踏む音も時々した。押し殺したような女の泣き声はいつまでも続いた。そんな気配の中で眠りにつく事が出来ず、いつのまにか朝になっていたあの時。こんな場面には二度と出会いたくないものだと思った。

「いいよ、俺先に帰る。光二遅刻するなよ」

別れを告げると手を振ってから思い切り走った。大通りの電車の踏切を渡る。木枯しに追われてダンボールが何枚もコンクリートの上で踊っている。背を丸めて走り抜ける明の影に次々とからみついてくる。月が白く光っている。ビルとビルの間で丸い月と星が不気味な程明るい。土手まで走り続けて一気に駆け登る。

河原の向うに河が流れている。平べったい木造船が二隻ロープでつなぎ合って河口から進んで来た。先を行く大きい船の舳先が流れ下る河の水を跳ね返して水しぶきを左右に上げている。その姿がトントンという単調なエンジンの音をなぜか一段と力強く感じさせている。進む後から広がる波は両岸へ行き着くまで消えない。はるか遠く河口近くの砂洲に半分乗り上げて傾いてしまっているもう一隻が見える。その先の東京湾の沖は点滅する無数の灯が行き交っている。

河の向う岸の土手で誰かがトランペットを吹いている。吹きつける風にさからってグイと身を反り返す。月光を浴びてそのまま長い事動きをとめる。天を向いた楽器の先から哀調を帯びた音色が長く長く尾を引いている。

海からの風が一段と強まって土手の枯れ草が鳴っている。河原の砂が舞い立った。

チクショウあの砂だ。あいつが俺のあとを追ってあのボロ工場までついて来るのだ。その揚句に俺もあいつも木枯しに吹き流されて工場の奥の機械の脇の吹き溜まりで途方にくれてしまうのだ。

## 《夢》

色のない風景。薄暗い一面の荒野に木枯しが吹き抜けてゆく。風に追われた男の後ろ姿が視界に現れて遠のいてゆく。そしてまた一人、さらにまた。後ろ姿だけの男。どれも皆同じ。風に髪は乱れきっている、服の長い裾が大きくなびいている。同じ後ろ姿の男達が次々に木枯しに追われて荒野の彼方に吹き飛ばされてゆく。

遠くから音がする。何かが聞こえている。人の声なんだろうか。呼んでいるのだろうか。自分も呼ばなくては後ろ姿の男を呼び戻さなくては。見覚えのある後ろ姿。前かがみにうなだれた寒々としたその後ろ姿。だれだろう、だれだろう思い出せない。荒野の果てに吹き流されてしまうその男は誰だろう。声が出ない、呼ぼうとするのに声が出ない。気ばかりあせるのになぜか声が出ない。胸が重苦しくて口が開かない。どうしても呼ばなくては呼び戻さなくてはと、自分の中の何かが思いっきり自分を突き動かしている。物音は続く。絶え間なく続きながらしだいに大きくはっきりとしてくる。

現実との境でついに本物の声が出た。自分の声で気持ちが急速に夢から抜け始めていた。手が動いた。声に振り向いた後ろ姿の男。その顔が判明するより先にとうとう夢から抜け出ていた。目が覚めていた。二枚も重ねている胸の布団を両手で押し上げながら目が覚めた。

頭の上の窓ガラス、その向こうに青空と陽光が見えている。物干しの板がはがれかかって風にあおられ壁を打つ連続音が今度ははっきりと聞き取れた。

街の上に広がる冬空にはもう朝の太陽が大分昇り始めている。一瞬のうちに感覚が冴える。

朝だ。今日で今年最後の仕事がある。そうだ会社だ。跳ね起きる。壁に掛けた上着を取ろうとしてよろける。腰に来ている。頭の芯も強烈に痛む。昨夜の酒が抜けていないのだ。

連日の残業に次ぐ残業。砂と鉄粉の舞うボロ工場。体にギリギリまで無理をさせての重労働の日々。そして時たまの酒樽をひっくり返したような安酒での暴飲。日頃の粗食。体のどこかがイカレ出したのかも知れない。ベットリと汗をかいている。胃が痛い。いや気のせいだ。それにしても後味の悪い夢を見たものだ。あの振り向いた男の顔。チラリと見えたような気がする。あれは何となく自分の顔のようだった。そう思いながら明は服を着て部屋を出る。

コートの裾を長く風に流された後ろ姿がアパートから大通りに向うと追いかけるように

砂が舞い立ってゆく。

寝乱れた髪が風にいっそう広がって、両手をポケットにいれた前かがみの体を小走りに工場街の方へ運ぶ。


納豆と刻みネギの強い匂いが通りまでただよっている。漬物の匂いや焼魚の匂い。そして味噌汁の湯気まで戸のすき間から立ち昇っている定食食堂。明は思いっきり勢いよく戸を開ける。

「オッス。飲んだな。ボーナスも出んうちから。見切りをつけてヤケ酒でもあおったのと違うか。マイッタ魚は目でわかる。とっくに死んでるぞ」

汁掛け飯を流し込んでいた同じ工場の溶接工が声をかけてくる。

「お互いさまさ。宵越しの金など持ったためしがないのが自慢でね。体だけが資本の俺だ」

その男も大分アルコール臭い。やはり目が死んでいる。定食屋は周辺の町工場へ通う工員達で満席である。立ったままで大急ぎで汁掛け飯をかき込んで工場へ走る。光二は昨夜と打って変わって平気な顔で自分で作った鉄パイプのバーベルを上げ下げしている。

「爪の先までアルコールで染まってるぜ。大分飲んだなあゆんべは。さっきは二十五度の小便が出たぜ」

明を見て手を止める。顔面から汗が流れ落ちている。裸になった上半身に湯気が立っている。

「朝から張り切って又昼寝するなよな。職長に見つかると出るものも出なくなるぞ」

今さらボーナスを減らす事もないだろうが、光二はトイレの中や機械の横に隠れて十分十五分と上手に寝たりしてサボっている。いつも明が注意してバレずに済んでいる。バレているかも知れない。

「汗もクソも出るもんは全部出す。ついでにアルコールも出す。こうやって汗と一緒に全部出してしまわねえと、クソがたまんなく臭いからな」

突き刺すような朝の寒気を破る程の大声を発して再びバーベルに挑んでゆく乱れを見せないリーゼント。若さが違う。多分昨夜は寝ていないのだろうに何という溌溂とした体の動きであろう。明はその盛り上がった桃色の肩の肉に見入りながらなぜか急に昨夜のあの焦燥感が体いっぱいに沸き上がって来るのを感じた。

機械が泣いている。がっちりとコンクリートの床に埋め込まれた四肢をそれでも精一杯ゆすって、キリキリキリ、キリリリーンと全身で抗議しているような不調和音の尾を長く引いてゆく。ステンレス材だ。その硬さの前にバイトの刃がひるんだように揺れて、そしてもう一度揺れた時にポキリと折れた。

「クソオー。あせるぜ」

刃先を入れ替えると、前にも増してハンドルを強く回す。他の工員達はすでに作業を終了して正月休みの為の片付けや機械の清掃に入っている。運河の向こうの大工場はもう今日から休みに入っているのだろう。今朝は九時になってもサイレンが鳴らなかった。

キリキリキリと続けて又ギリーンギリーンと鉄が泣き出したので明はあわててハンドルを戻す。二本目のバイトはもう大分熱を持って来ている。

見るとはなく見た中央の大時計は昼の十分前である。

「やばいぜ明チャン。職長が睨んでるぞ。又始まるぞ節約説教が。ホラ来た来た」

心配そうに光二が寄ってくる。シャフトの一本を持ち上げるとウエスで油をぬぐい出した。上体を前後に揺らせていかにも一心に作業している様子である。上手いもんである。まずサボっているとは見えない。

「砂の来ない間にここん処だけでも削ってしまえば昼からは面倒が少なくなる」

精密な部分だけでも昼休み前に終わらせてしまいたい。マイクロメータを当ててそのミクロの処を読み取る。

「あせった明はもらいが少ないって言うだろ。過ぎたるはお呼びでないがごとしだぜ」

これが光二流の心配の仕方なのだ。

「かまうもんか、バイトの二本や三本。それよりこのシャフトとお前のそのフランジの二百万円。六時までに納品しないとM精機は待ってはくんないぞ。あいつのボーナスだって出なくなるくせに」

たとえ待ってくれるとしても明は今、この作業に全力を注ぎたかった。焦って焦ってどこかに狂って走り出したいようなこの気分。昨日も今日も体中を駆け回っているこの焦り。その気分に押されている。この機械とそして鋼材と共に思いっきり自分を削りきざんでしまい粉々になるまでにしてしまいたい。そして人間離れした悲鳴を工場の外にまで聞こえるほど発し続けていたかった。

俺はこのギリギリと言う鉄の泣く声しか出すことが出来ない。とらえようのないこの焦燥感。そいつを表わす言葉も行動もない。ならばこの機械と鉄と俺の体はここでキリキリ泣いて果てるしかないじゃないか。泣け泣けもっと泣け。バイトの刃ならいくらでもある。

「やってらんないな。俺メシ食って寝るぜ」

光二の声も聞こえないかのように明の機械は身をよじるような金属音をいつまでも発し続けている。

黒くて丸い瞳。明を見続けるその瞳の中に小さく小さく明が二人映っている。再会の夜の長く息を止めて見つめ合った感動のワンシーン。駅を吐き出された無数の人の波が広場を横切って足早に横断歩道を渡り切ろうとしていた、夕刻の街はせわしなく息づいている。大都会にあふれ切った人々がそれぞれの目的の方向へいっせいに動き出す時だ。信号が変わる直前だ、前から次々に押し渡って来る小走りの人々。それをかきわけるように駅に向っていた明の目の前に突然その顔が出現した。気にも留めずそのまま前進しようとして思い出が蘇って急に体の中を電流が通過したようなショック。同時に洋子にも同じ現象が起きた。両側を急ぐ人波に揉まれながらお互いにすぐには声も出ない、足も動かなかった。

大都会の無限の人波の中で七年半ぶりの運命の再会は明の情熱のボルテージをいやが上にも盛り上げた。

「変わった。本当に変わってしまった。すっかり垢抜けして、もう完全に東京のお嬢様になり切っているよ。本当におどろいたよ」

まぶしそうに明はつぶやいた。

「八年振りね。今はどこにいるの、やっぱり前の処？」

あの工業高校さえ卒業すれば、技術者として一流の企業で迎え入れてもらえるという夢があった。そう、あの頃はよく洋子にもそんな夢を語った事があった。そしてそれは夢。この七年半の間中、明はその夢にすがって生きて来た。それでも今は工作機械のエキスパートだ。たとえ吹けば飛ぶような町工場でも、明は技術に生きているのだった。

「まあね、学校出てからずっと機械の方でやってるんだ。二つ三つ替ったけど今の処もそこその会社だよ。機械も色々と揃っているし、ま、たまには図面引いたりもして結構いそがしいんだ」

それなりに事実も混じってはいる。職長が出張した時には光二と自分の分の図面の修正は明がやっていた。

「そう、大きい処へ入れたのよかったわね。学校で習った事を生かす事が出来たのね、素敵じゃない」

コーヒーを前にして洋子は単純に明の現在を喜んでくれた。色々と仕事の件はさぐられたくはなかった。

「体力なら負けない。忙しい時は徹夜で製図した事もあるよ。会社は少しは認めてくれるし、若い者の二、三人は面倒見るようになったし」

吹き溜まりのような町工場の中で深夜まで油まみれで鉄塊と取っ組んでいる現実はオブラートに包んで話した。

「あの時、連絡しなくってごめんなさい。私、やり直したかったの。あそこじゃ駄目だと思ったの」

学業途中で帰郷してしまった洋子。その後しばらく郷里で職業訓練を受け、再上京して都心のオフィスで経理事務員として働いているのだと言って職場の電話番号を明に渡した。

「俺んとこ忙しいから、仕事中は話せないよ。出張なんかもあったりで、これアパートの番号。そこ大家だけどすぐ呼び出してくれるから」

やはり明にはあのボロ工場の事を打ち明ける事は出来なかった。それでも洋子はその時は気にしてはいないようだった。

こうやって二度目の二人のやり直しの交際が始まった。

今度こそ明は洋子を離したくなかった。


終業の五時半が過ぎて五分以上もキリキリと泣いていた明の機械。もう工場の中で働いているのはこの一台きりである。さらに五分たって明は最後のシャフトからバイトの刃を離してスイッチを切った。音の止った機械の脇で光二がようやく全部の部品を古新聞に包み終える。木箱に納め込んで二人でトラックまで運ぶ。

「出来たぜブラボー。持ってけ泥棒。死んでも納品して来いよ」

M精機まで運ぶトラックにはすでに納品係の男がエンジンを掛けて待っている。

「ガッテンだ。手形の受取人はおふたりさんにしておくぜ。ボーナスの足しにしてくれい」

それが露地を回って産業道路に走り出た事を確かめてから職長は、物欲しそうに待ちくたびれている工員達の処へ茶封筒の束をさも大切そうにゆっくりと運んで来るのであった。

こうやって今年もともかく終わってゆく。昼食抜きで立ち通し働いた明と光二を含めて何事も無かったかのように最後の一日が終わってゆく。

電線が泣いている。夕暮れの空を渡って又木枯しが強くなって来た。

ズボンのポケットに三十数枚の一万円札の重さを感じながら明は工場の外へでた。露地から振り向くと、すっかり機械も停止し工員も皆いなくなった工場の電気を専務がひとつひとつ消し回っている。

暗くなってゆく工場の中。北風の通り過ぎてゆく中で人気の無い掘立小屋が夕陽の最後の輝きを受けている。

舞い立つ砂の中で、それでもボロ小屋は夕陽を一面に受けて紅く染まっている。

「何かよお、こんなの見てるとよ、沈むぜ心も。今日でオサラバ、旅立ってゆくんだの気分になる。こんな会社でも」

光二にしては沈んだ声である。内容も彼に似合わないウエットさだ。

「来年きてみたらビルになってて、機械も新型で、皆ネクタイ締めて働くなんて初夢でも無理だろうな」

言いながら明はそこに輝くビルを見たような気がしたのだ。その中でネクタイを締めて自分は製図板に向っている。自動化された最新式の工作機械が何十台もピカピカに磨き上げられた工場の中で静かな音を立てて次々に鉄を削り上げている。コンベアーに乗って製品が出荷されてゆく。

もう一度目を凝らすと、そこはやはり掘立小屋だけである。

「そのセリフはマジで言ってるな。目つきがちがう。明チャンのそんなところが俺にはない良いところだって富江がほめてたからなあ。夢を持つっていうのはいくつになっても胸が鳴るもんだ」

光二にだって、いや光二ならばきっと、もっともっと明より大きい夢があっていいはずなのに。

「いいんだよ俺は。ここだってミクロの技師《わざし》の活躍出来る場所はあるさ」

わざとらしく言った。本当はそれを洋子に聞いてもらいたいと強く思った。

夕焼けが終わってゆく。木枯しに追われるように冬の太陽がビルの向こうに沈んでゆく。急速に明るさを失ってゆく空を一羽大きな黒い鳥が横切った。舞い上った白い紙片が糸の切れた凧のように上へ上へと昇って小さくなってゆく。それを包み込むように空に闇が広がる。やがてその闇は地上の闇と合体すると、もうそこには夜が始まっている。闇の中に工場の全景が沈んでゆく。三十万円の札束と引き替えに、明と光二が一年間の青年の日々の大半を過した掘立小屋が闇に溶け込んでゆく。

《火》

街が沸き立っている。師走の風に浮かれている。ホームから見渡す東京の夕景色が明の気持ちとは無関係にざわめき立っている。人の波がいくつも続く大通りの交差点。そこから四方に延びる商店街は祭りの時のように灯があふれ人があふれ出ている。そしてその向うに東京タワーがそびえている。全体を飾るイルミネーションがまばゆい。その灯を見ると急になつかしさがこみ上げて来た。

洋子とあそこに登ったのはいつの頃だったろう。二十歳の日々が突然に胸をつき上げて想い出されてくる。日本海いっぱいまで山並みが迫ったそこにある東北の小さな寒村からの精一杯の脱出。母も父も駅に見送ってくれなかった。少女の暗く感動の少ない生い立ちの記を、それでも胸いっぱいの喜びで聞けたあの日々。短い恋の始まりの頃がやるせなくよみがえって来る。

電車が入って来た時になって急に腹の様子がおかしくなった。日中も大分便意を催してはいたがその時は仕事に追いまくられていて一分延ばしに耐えているうちにいつの間にかおさまってしまった。そしてそのまま昼食もせず時をわすれて機械と格闘しているうちに終業になっていた。なぜあの時ゆかなかったのだ。それが今頃になってこの強烈な便意はどうしたというのだ。

ひとつ駅は何とか持ちこたえた。でも二つ目の駅でもう辛抱出来ずに電車を降りてしまった。たまらない便意だ。腹の中がどうにかなっているのだろうか。そうだあの店で食べたレバーの刺し身にちがいない、それにあのラーメンも原因かもしれない。昨夜ラーメンを吐いていた光二。あの時いっしょになって吐き戻してしまえばよかったのだ。そうだ今朝だって光二のように半裸になってバーベルでも持ち上げて汗と一緒に全部出してしまえばよかったのにあの若さが明にはなかったのだ。

秒刻みで便意は激しさを増してくる。尻の穴に全神経を集中して強く閉じる。それでもしゃがみ込んでしまいそうだ。もうどうにも駄目だ。呼吸が早く切なくなって来た。目が見えない、物がかすれて見える。

一歩の為にあらゆる努力をする。ここは何としても駅の便所までたどり着かなければいけない。工場のあのボロボロの便所がこれほどまでになつかしいとは。

柔らかなその中味が漏れ出してしまわないように尻を動かさぬようにして注意深く足先だけを小さく開いて一歩、また一歩階段を便所に向かって時間をかけながら近づく。

そしてそこの清掃中の立て札と入り口を閉じている木の柵の前でもうどうにもたまらず腰を降ろしてしまう。目の前がまっ暗になってしまう、脂汗が額と脇の下にじっとり出ている。

一歩、又一歩ごとに立ち止まり全身をあえがせて荒い息を繰り返す。息を整えると又次の一歩を慎重に出す。駅前広場の無限にも感じる長さ。パチンコ店まであと十メートル。自転車の老女が前をよろけて横切る。左折しようとして出会い頭にバイクと向き合って急ブレーキをかける。荷台が明の腰をかすめる、思わず出しかけた足をとめる、ヨロヨロと後方へ倒れかけてその場へ腰を落とした。その時漏れた。わずか、わずかだが汁が漏れてしまった。

あと五メートル。三メートル。あと一メートル。ドアを押そうとして中から飛び出して来た男に手をふりほどかれて又よろけた。そして又漏れてしまう。どうしようもなく漏れてしまう。

街を歩く若い女達の胸に腰に視線が走る。充血した目が何かを求めている。完全に頭に来ている。服の中で張り出した胸の先に浮き上がっている乳首が見えるほど視線が狂暴になって来る。顔、胸、腰、足と一人一人をなめつくすように品定めする。今の明には見る事しか出来ないのだ。一文無しの上にズボンの下にはブリーフまで無くなっているのだ。

『月々に月見る月は多けれど、便所の窓から見る月は、これぞまことの運の月』

便所の落書きのとおりにその小窓からは寒々とした白くて丸い冬の月が良く見えた。まるで今の明の身のさだめを笑っているかのように見下ろしている。

「クソウ、月まで俺をバカにしくさって」

汚物の滲んだ下着をそのまま便所の落書きにゴシゴシとなすり付けて捨てた。本当なら窓から月に向けて投げ付けてやりたい気持ちである。不幸な男の心をもて遊ぶようなこの落書きと月の出。なんで便所にも行かずメシも食わずに働き続けた俺をこんな風にからかうんだ。掘立小屋のようなボロボロ工場の工員だからといってバカにするな、俺は、俺はミクロの技師《わざし》だ。

そのパチンコ屋のトイレに落として来たのだろうか。それともあの自転車の婆さんに轢かれそうになった時よろけてしゃがみ込んだのがいけなかったのか。まさか電車の中で尻の穴ばかり気を配っていてスラれてしまったのだろうか。確か三十二万と六千円入っていたはずだ、あの茶封筒の中には。十二月分の給料とボーナスのほとんどすべてだ。八十ン時間も残業した俺の汗と涙のあれがすべてだというのに。

ズボンのポケットに入れたままにしておいたのがいけなかった。普通は数千円しか持っていない。だから裸の札と硬貨をそのままポケットに入れて生活していた。しかし三十万円は大金である。俺の不注意としか言い様がない。ハイライトを買った時の釣銭の小銭しかポケットに無い事に気がついたのはもう大分飲んでしまっていた後だった。

パチンコ店のトイレを出て気分直しに隣の大衆酒場で一杯引っかけようと入った。煮込みとか湯豆腐とかを何品か平らげてひと息入れようとライターをさぐった時に気がついた。右になければと左ポケットも探し、上着のポケットも内ポケットもとせわしなく手を入れて見た。そうしてもう一度全部のポケットの中身をテーブルの上に並べた。スーッと気が遠くなるような絶望感。今度は立ち上がってさらに何度でも同じポケットをひっくり返して体中をさぐり廻して駆け出しそうな表情になっていた。

洗いざらい小銭をはたいて、それでもまだ二十円ほど足りなかった。レジで三名の店員に囲まれながら必死になって言い訳を繰り返し一人一人に米搗きバッタのように頭を下げて回ったあの時のみじめな気分。殴られて外に放り出されていた方がまだましだ。ドジな自分につくづくあいそがつきた。

多分無駄だろうとは思っていたが、二度、三度、四度も足取りを思い出しながら夜更けまで駅前をさまよった。揚句にいくらかあきらめがついた。そう言えば三年程前も給料日にこんな事があった。一本電車を待てば良いのにそれが出来ず駅の中を走って、それでも乗り損なった上に十万円の入った紙袋と部屋の鍵を落としてしまった。あの時は会社で次の月の給料の一部を前借りする事が出来たが今度は年末年始の休みに入ってしまっている。光二の処まで借りにゆくしかない。

駅へ向かう人の波に背を向けて歩いて帰る。皆浮かれている、歌など合唱しているグループすらある。どいつもこいつもきっと俺の倍以上のボーナスを取っているのだろう。行き交う女達の胸の盛り上がり。尻の丸み。そればかりが目につく。俺は金ばかりか洋子すら失ってしまったというのに、クソオ、いっそ抱きすくめて押し倒してしまおうか。

捨て鉢な気分に浸りながら通りを抜ける。河が見えて来た。あの向こう岸に明のねぐらがあるのだ。暗い中にせんべい布団がひとつ。十二月に入って一度もたたまず床の掃除すらしていない。それでも唯一明のねぐらがあるのだ。

橋の中間から見える二つの大都会の夜景。その上をサーチライトが長い光を照射しながら回転してゆく。まるで燃えているかのように無数の灯をきらめかせている。眠らない夜の都会。町並とまばゆい光の夜景がどこまでも広がって続いている。

対照的にまっ黒な河口から続く海。見渡しても何も見えない黒い海の向こうから次々と吹き付けて来る寒い木枯し。

河口の砂洲に乗りあげたままのあの船が強い風にあおられてゆれている。支えの無い船が砂の上で右に左に大きくゆれている。その上の岸のその向こうに密集する家々の窓にともる明るい灯。どの家庭にもあと二日でまちがいなく正月がやって来るのだ。そうだ俺にだって来年がくるのだ。しかしその来年に俺にはどんな希望があるというのだ。いや今の俺には人並みの正月すらないのだ。

吹き付ける風をまともに受けた時ジャリッと砂を噛んだ。こみ上げて来る不快感。グルルッと下腹が泣いている。今日はどうも駄目だ。消化しきれなかった豚の内臓とか昆布の切れ端とか野菜の繊維質の部分だけだとかが胃液と酒とゴタゴタに混ざり合って胸から口に逆流してくる。口の中に吐き戻された不快な液体に大きくむせ返る。たまらず口からあふれるそのにがみがかった咀嚼物入りの液体を海に向かってぶちまける。次々と腹の底からわき上がってくるアルコール混じりの未消化なドロドロの流動体がたちまち口の中に広がる。吐いても吐いても限りなく出てくる。いや、気分だけが続いている。目まいのするような吐き気がまだまだ続く。

身を乗り出して河の上にしゃがみ込んでいる。丸く白い月の姿が流れに浮いていた。吸い込まれてゆくような水の流れ。かすんでゆく意識の底をリズムが流れている。どこかからテレビの歌謡曲でも風に乗って来たのだろうか。途切れ途切れにかすかに続いている。そうだあれは森進一の『新宿港町』だ。なぜかそんな事だけが妙に気になってしまう。秋の工場の旅行で光二が歌ったのはあの曲だ。ところで俺は何を歌ったっけ。

手すりを伝いながらようやく又歩き出す。もう曲は終わっている。静まった海の闇からの風が又砂を吹き付けて来た。岸辺の家々の灯がひとつずつ消えてゆく。もう足元の河の流れも見えない。闇に沈んでゆく大都会。見上げると冬の星達の輝きが、丸い月の白い明るさが、いっそうはっきりと夜空を飾っていた。

ようやく渡り終えた橋のたもとに腰を下ろして一息入れる。飲み食いした物は全部吐き出してしまったので大分体がスッキリして来た。だがその分一気に眠気が襲って来た。ねむい、ねむい。たまらない眠さだ。胃も頭の中も空っぽになって体ごと浮き上がって行ってしまいたいような気分だ。何も考えたくない。張りつめていた一カ月間の気力が完全に抜けてしまっている。

働き続けてほとんどまともに寝ないでがんばって来たこの一カ月間。特にここ数日はろくろく昼飯も食わないで立ち通しで機械と格闘していたのだ。

そうやってまでして手にいれた三十万円も落とした。パンツも捨てた。運がつきた。体中のすべてを吐き捨てた、もう俺には何も残っていない。

金もない、夢もない、残ったのは疲労と失望だけ。このままここで眠り込んでしまいたい明だった。

あと少しでアパートの部屋に帰り着ける。眠気を振り払おうとハイライトを一本出してライターを点火する。そのボウッと明るくなった空気の向こう、街並のはるか先のアパートの二階。ライターの炎の中で浮かび上がったその部屋のあかり。思わず瞳をこらす。確かにそれは明の部屋だ。俺は今起きているんだろうな。夢を見てるんじゃないだろうな。

あの頃はそうやって明の帰りを待っていてくれた洋子。再会のあと洋子の態度は積極的だった。二十四歳といえばもう何もかもわかっている年齢なのだろう。やがて当り前のように明のアパートへ来るようになった。

「会社に電話してもいいかしら。先に部屋に入ってる夜は。そうしたらゆっくり残業してこれるでしょ」

来れば部屋を片付けて気のきいた夜食等を並べてくれる。そして小さな乾杯と二人だけのとりとめもない話。ひとつしかない明の夜具に身を寄せ合って朝を迎える幸福。そんな時の会話だった。

「いやいいよ。仕事中に電話は困るよ。こちらから掛けるから。鍵貸してあるんだから勝手に入ってろよ」

やはり言えなかった。あの掘立小屋と洋子に知らせている額よりも大分少ない本当の収入を正直に言うことは出来なかった。

機会を見て大工場に転職してしまおうか。それとも今の工場を知らせるべきなのだろうか。日が過ぎる中で明は自分の胸の中とだけ同じ質問を繰り返していた。

「母さん俺結婚するからね」

郷里の母への電話の中でついつい気持ちを打ち明けてしまった。洋子との日々で大分散財してしまった。それは母からの送金で埋めるしかない。口実ではなく本気で明は洋子との未来を考えていた。

ただただ夢見心地で過ぎてしまったその後の数カ月。不意に思い立って夜訪ねて来ると、万年床を上げて部屋を片付け、湯を沸かし手料理を並べて何時間でも明の帰りを待っていてくれた。

駅を出て、疲れ切った身体を引きずるように帰る夜、角を曲がって突然に自分の部屋の電灯がついているのを見つけた時の喜び。この数カ月に何度あったろうか。それ程に短い二人だけの期間。

冬になる直前、前ぶれもなく洋子が消えた。

いや考えれば思い当たる事が次々に出てくる。今まで一度もなかった明への工場への外からの電話。それはしかし明が受話器を握った時は切れていた。取り次いだ事務所の男は相手は名乗らなかったが若い女の声だといってニヤニヤしていた。秋の頃の事だと思う。

そうだ二万円借りたままだった。あの月末、又々金欠病になってしまった明は思い余って洋子をだました。職場の後輩の急病に五万円程貸してやる必要がある、今急な事で一万円程足りないのだがと話を持ちかけた時、洋子は二万円を渡してくれた。あの時の目の暗さを今にして思う。でもその時の明にはそれが読めなかった。

そして最後になってしまったあの夜。洋子は何かを決心して来たのだろう。明のアパートに来る事をかたくなに拒んでいた。あの夜洋子は何を話そうとしていたのだろう。酒の中にすべてを沈めて二人で飲み回った夜の街角。行き着いた先の安宿のベッド。驚く程乱れたあの夜の洋子の姿態が今でもはっきりと明の中に残っている。

洋子から何を打ち明けられるのが怖かったのだろう。薄々感づいていた明のごまかし。それを洋子はどの程度の事として考えていたのだろう。

そして結局何ひとつ話さず洋子は消えた。職場に電話を入れても退職した者の行方など知らないと取り付く島もない。郷里に帰ってしまったのだろうか。寮を出て職場を去ったその先はどうしてもわからない。

何も無くなってしまった明の心の中は涙で一杯になっていた。オモチャを取り上げられた明。無力感をどうする事も出来ないまま連日の深夜残業の中で狂暴さだけを大きく大きくつのらせて来ていたのだ。光二の若さにすら抑えようのない怒りが沸き起る事があった。機械を回しているその時だけが何もかもわすれられる時なのに、そこにすら職長の言葉が追い討ちをかけて来るのだった。

本当に洋子が来ているのだ。いやそうだ。絶対にそうだ。それしかない。それ以外考えてはいけない。こんな夜だからこそ、行き着く処まで落ち込んだこんな夜だからこそ絶対に最後の逆転があるはずだ。

俺はミクロの技師《わざし》だ。俺の削った鉄は砂粒ひとつ分の狂いもないはずだ。工作機械一筋、この十年間、誰よりも良く働いたじゃあないか。掘立小屋で夜中まで太陽の光すら見ずに油と汗にまみれて俺は、俺はひたすら一心に鉄を削って来たのだ。気がつけば、もう三十路が手に届く処に来ている。働き始めた十五歳の日から苦学を重ねて来たのだ。かならず俺の青春は今こそ最後の最後で輝く事になっている。そうにちがいない。あれだけ仕事も出来て真面目な俺が報われるのは当たり前ではないか。

中天から少し斜め下にある満月に照らされた明の体がピョコンと跳ね上がった。そして思いっきり駆け出した後ろ姿が月の光の中で遠ざかってゆく。

砂の舞う産業道路へ曲がった時ふっと消えた。

その一瞬。月光の下で二十八歳の男の全身が火のように燃えて輝いた。

# 愛されない僕がいて

散り始めた桜の木々を吹き抜けてきた突風が湖面を渡って行く。点々と白い花びらが敷きつめられてゆく水面を割って白鳥達が一列に並んでやって来た。菓子袋に手を入れて握り出したポップコーンを大きくモーションを付けてほうり投げる。バラ撒かれた菓子粒を追って鳥達も四方へ散る。向うから新手の一群が航跡を引いて一直線に連なって進んで来る。十一羽になった鳥達が水際にひしめいて僕の投げるポップコーンを先を争って食べている。九十八円で駅前のセブンイレブンで買ったひと袋はたちまちなくなってしまった。

僕が食べたのはたったふたくち、十粒もない。もう一度駅前に行き今度は百二十六円のカールせんべいと百十円のコカコーラも買って来よう。

一日千円。そして弁当の入ったこの鞄。愛妻弁当と書いて、行ってこい弁当と呼んでいる僕。前の晩に妻が残飯を詰め込んだやつだ。何でもあり、ゴッタ混ぜ弁当。それに出掛けにジャーから白飯を入れる。

十年近くこのスタイルでやって来た。男は朝早くから夜まで弁当を持って外に行く。妻は昼間はゆっくり寝坊する。会社か何か知らんがそうやって弁当持たせて行ってこいすれば毎月給料が振り込まれてそれで生活をしてもう十年が過ぎてしまった。

油の強いカールせんべいは白鳥の池に投げ入れてはいけない。公園の白鳥は市民のアイドルだ。大人も子供もこの鳥を見ると何かしら食い物を与えようという気持ちになってしまう。丸い小さな目で見つめられて十一羽もの白い群にとり囲まれればだれでもそんな気になってしまう。昔、ずっと昔。この十一羽の親の又親の親。ディラという名を付けられていた一羽の白鳥が死んだ。ビニールを喉につまらせて死んだ。胃の中には人間が投げあたえたあらゆる不純物が入っていた。

そんな悲しい話が記された立て札が出ている。だけど僕は白鳥にあたえる食物を選別することはない。

桜のアーチをくぐって公園の外に出る。まばゆい春だ。光の春だ。希望の春だ。街は装いを新たにしている。駅前はその新たな装いへの門出だ。どの店もどの店もヒラヒラと旗やら幕やらに歯の浮くような祝詞を書いてなびかせ、道にまでせり出した商品台にあれやこれやと山のように積んで通行人を妨害している。

僕は今日も七時十五分に起床した。枕元の目覚まし時計を七時三十分に仕掛けておいてそのちょうど十五分前に目を覚ます。特技だ。サラリーマン生活二十二年にして身についた特技のひとつだ。無遅刻、無欠勤、有給休暇もめったに使わない。そんな事とか電車には階段のすぐ近くで一番終わりに乗って出口に立つ。ホームの屑箱から素早く新聞をとり出す。電話がチリと鳴ったら手が出る。お待たせしました××ですとスラスラとマニュアル通りに発声出来る。特技は多い。人に誇れない特技だらけで出来上がっているのが僕だ。

僕が時報だ。八時ドンピシャリに家を出る、今朝もそうだ。駅に着くのが八時十五分。不動産屋が徒歩十七分と宣伝した物件だ。十五年前、僕は青年だった。

結婚。そして愛の新居捜し。東京から六十分以内、二度と出ない掘出し物。ローンはまだ少し残っている。それが問題だ。ローンが残っているのに公園で鳥と戯れている。これが問題でないとしたら世の中に何が問題なのだ。

十七分はあくまで宣伝文句である。十五分は現実の僕の健脚なのである。結局走っているという事だ。走るという事はサラリーマンの必須アイテムだ。走る。走る。サラリーマンほど走りが似合う種族はいない。

仕事など出来なくてもいい。大声だ。走りだ。要領だ。そう信じて無欠勤男は人生まっしぐらでやっと四十になった。働き盛りの四十男。脂の乗り切ったサラリーマンはこんな時刻に公園になぞいるものではない。その上白鳥などと戯れて夜までの長い時間をどうすごそうかと思いめぐらすべきではない。経営問題だとか営業戦略とか、職場管理対策、顧客対応策等々と中堅サラリーマンには息抜きの場はない。

コーヒーが旨かった。ブルーマウンテンの淹れ立てが僕の予定を変えてた。そこのセブンイレブンでは客の目の前のレジでコーヒーを淹れている。一杯百二十円で店内の椅子で飲めるのだ。コカコーラはブルーマウンテンと変更され、カールせんべいはホットドッグになった。で白鳥さんへの贈物は三十七円のミニカッパエビセンに格下げになってしまった。

七時十五分に起床。洗顔、歯みがき、トイレが終わると七時三十分。下痢でもしていない限りこのタイムスケジュールに乗って次の身だしなみへとリズム正しく十ン年間やって来た。ネクタイ一本で世間は人並みな人間と扱ってくれる。まさか強盗さんがスーツにネクタイで現れないだろう。浮浪者は浮浪者風のスタイルで生きているはずだ。お百姓さんも、土木現場作業員も皆それぞれの世間向けの装いをしているはずだ。だからネクタイの男は堅い仕事の人にちがいない。役所とか会社とかで真面目に働く人種なのだ。

七時五十五分ネクタイを締めつつ牛乳を飲みつつ、シェーバーを動かしつつ鏡の向うにいる男の武装を点検する。五分後には後ろ手で玄関の扉を音を立てて閉じて世間へ一歩踏み出している。八時ゼロ分ゼロ秒。

今朝も走った。走る必要などない今朝。しかし走る体、そこに道がある限り走る足。駅まで走って十五分と二十秒。まだ体がサラリーマンなのだ。

八時十六分の新宿行は殺人電車。乗るだけ乗せて、乗れなくなれば押す。押して押せば乗せる乗れる。やがて電車がふくらみ始めると反対側ではガラスが破れてもまだまだ詰め込んで中で一人や二人圧死してもこの電車に乗りたい、乗らなきゃ遅刻だ死んでも乗るぞという乗車希望者がまだまだ階段を雪崩降りて来る。僕の血がさわぐ。仕事は出来ないが通勤は出来るのが僕の取り柄だ。カスリ傷ひとつ負わずに毎日この電車で通勤できる数少ないサラリーマンの中の一人に数え上げられているのが僕です。他人の足を踏んでもヒトに足を踏まれない。他人のシャツを引き裂いてもヒトに服をつかませない。最後に乗って最初に飛び出す。階段に一番近いドアーの一番開き口に近い場所。百人のライバルをつき飛ばしてでもこの八時十六分三番ホーム口の黄金のポジションを一日たりとも奪取されず死守して来たたった一人の男。

今朝も又やってしまった。意思ではなくカラダがそれを要求するんです。そして又一日僕の持つ最長記録が更新されてこの駅に降り立ったのが八時三十二分。

正気に戻るのは今朝もその駅だった。ホームに出ると目が眩んだ。頭の中を通り過ぎ行き交う無数の情報と指令。歩け、停まれ、考えろ、悩め。急速に失われていく僕の精気。そのあとの事ははっきり覚えていないのだ。ホームで立ち眩んだまま大分時をすごしたあと、カタツムリのように改札を通り商店街を抜け九時を大分回った頃この公園の白鳥をながめていた。

　昨日、一昨日、その前の日も。そして四日目の今日もこうやっておそい朝のひとときを公園の桜の下ですごす日が続いている。昼が来てお弁当を広げ、風に誘われ昼寝をして、それでも日が高い。本を読んで、パチンコして映画見て夜になっても帰れない。中堅サラリーマンは二十四時間闘う気迫が必要だ。フリだけでもしていなければいけない。定時で退社して生き残ったサラリーマンを僕の周囲では見たことがない。二十時が定時なのだウチの社は。とにかくデスクにいる。夜八時までは社内にいる。帰宅は九時。妻はこのタイムスケジュールにそって行動している。八時起床、子供と朝食。八時半に子供が学校へ行き昼までテレビ。夕方買い物、六時夕食。そしてテレビと風呂。九時に残り物を温めて僕を待つ。風呂上がって九時半に丁度僕が食事可能になる。夜の九時までどうすごすか。千円ではパチンコは出来ない。こっそり持ち出したキャッシュカードで先月の給料の残額七万円を引き出した。

　今どきのパチンコは恐ろしい。フィーバーもあった連チャンだってあった。でも、でもである。小一時間後の結果はマイナス一万七千円。夢中で闘った六十分のあと僕は全身から血の気が引いてゆくのが分かった。もう二度とパチンコはしない。何度も何度も胸の内に誓った、それがおとといの夜の事でもある。月半ばを過ぎれば妻はガスに電気に新聞にと次々に来る当月分の支払いの為に必ずやキャッシュカードを持って金をおろしに行くだろう。七万三千円となにがし、残しておいたはずの残金の内、頭の部分の七万がなくて三千ン百ン十円を知った時の事を考えると、いや考えても始まらない。

そういう訳できのうは四万五千円しかない有り金を大切に使いたくて夕方四時半から七時半までホームで拾った週刊誌を持って定期券の範囲内を電車で五回も往復した後で二駅前で降りて線路に沿ってゆっくり歩いて帰宅した。妻は気付いていないらしく盛んに近所の奥さんの噂を話しかけて来る。ライバルなのだ、美しく賢く如才ないその女が妻には輝いて見えるのだろう。一流会社の課長だという高給取りと二人の子供と犬一匹。広い庭に家を増築して温室を作るのだと、さも羨ましそうに話す。まっ白なんだよ、僕の頭の中は、二駅五キロメートルを歩いても四万五千円しか残っていない金の事とか、十五日に来る実家の父親の事とか、二十日の休日におまえに服を買ってやる話、三十日にはきっとキャッシュカードを持って金をおろしに行くだろうおまえの事がゴチャゴチャに通過しすぎてしすぎてもう何も考えられない程まっ白になっているというのに。

そして今日は四日目の今は十時二十五分。のどかな陽差しだ、今日も又しあわせな昼寝が出来そうだ。旨いコーヒーとホットドッグで今は充実だ。

散り始めた桜の木々を吹き抜けてきた突風が湖面を渡って行く。点々と白い花びらが敷きつめられてゆく水面を割って白鳥達が一列に並んでやって来た。菓子袋に手を入れて握り出したカッパエビセンを大きくモーションを付けてほうり投げる。右に一度、左に一度そして直前に一度。十一羽の白鳥が三方に分かれて水面に浮かぶ菓子に殺到する。羽を広げ水の上に立ち上がって首を振って左右のものを押しのけてそのわずかな餌を一人占めしようと大きな白鳥があばれ回る。迫力があるボス鳥らしい。その場所に集まった四羽の内、三羽はボスの気迫に負けて反対側の餌に向かった。今度はこちらの番だとばかり前からそこにいた三羽のうしろから襲いかかった。羽を広げ前の鳥を抱き込むようにしてその背を押えておいて脚を上げてその上にのし上ってゆくと首を押して鋭いくちばしで前の鳥の後頭部に一撃を加える。さらにもう一撃。苦しまぎれにふり向いた処を今度は目玉を狙ってもう一度。もうたまらんとばかり襲われた方はギャーと高く鳴いて水の中に頭を突っ込んで羽で水をかき分けて逃げにかかった。水しぶきが上がり鳴き声が三方、四方から聞こえて来る。

僕は見た。そんな白鳥達のあさましい程の餌の奪い合いの中で、ただ一羽少し離れてそのひしめきを見るでもなくうつろな視線で水に浮いている一羽がいる。ひとつふたつ風に流れた菓子がその周囲にただよって来ても興味を示さずじっと浮いたままでいるその一羽。少し小柄なこの鳥が満腹している為ではないと思い僕はわずかに残ったひとつかみをそっくりその鳥の前に投げてみた。さすがに効果があった。降りかかって来る菓子の雨を頭を傾けて片方の目で何事かと見ていた鳥はそのすべてが水面を埋めるように周囲に広がった時、ようやく首を伸ばして目の前の一片をくちばしでくわえた。ひとつ食べて気持ちが乗って来たらしくそのあと続けざまに二度目、三度目と首を振って急速に菓子を食い始めた。正直言ってホッとした気分になった。今日一日の長い時間をどう生き抜いていったら良いかと悩む僕にどんな小さな事でも心配事、気掛りな事は見過ごせないのだ。こうやって一年で一番うららかな陽気の好天気の春の日に体中いっぱいにゆううつの素を抱え込んで生きている世界一不幸な僕にはどんな小さな悩みも追加してはいけないのだ。たとえば一羽の鳥の不幸でさえ、それが僕の限界を超える事になるのだ。不幸であるかどうかはこちらが一方的に決めつけている事なのだが、やっぱりこの鳥は不幸だと思う。第一体が他の白鳥に比べて小さいという事はきっと充分に餌を食べていないにちがいない。それは他の大きな鳥に取られてしまっていつも食いっぱぐれているからにちがいない。きっと生まれた時から少し皆より小さかった為、ずっと今までそういう不幸な日々を送って来たにちがいない。結果こうしてうつろな目で仲間の食事振りをながめて遠く離れて漂っているようになってしまう。生きとし生ける物すべてに万物の神の慈悲が行き渡らずして誰が神の国を信じるものか。世の中少し間違っているんじゃないかな。たとえば僕の事だってそう言える。そりゃ不器用で使いものにもならない半端人間かもしれない。心持ちも決して良いとは言えない。こうやって世間をひがんで根暗くなって後向きに物事を考えるタイプ。ちょっと小さい。百六十四センチメートル。ちょっと臭い。わきがが少しあるんです。

ちょっとハゲて来た。もう完全に中年になっている。飯ばかり多く食ってその分便所が長いとか顔付も貧相で鼻だけ少し上を向いていたりとか自分で自分の欠点探しをする事もないがやっぱり不幸の素を先天的に持っている。

しかし、しかし人間の本質はそんな事ではない。もって生まれた人生にどれだけ全力で人間らしく生きてゆくかで決まるのではないか。僕は小さい頃は可愛い子だった。どこの天使かと思うような写真がある。三歳の時のだ。汚れのない心の内が読むものの涙を誘うような文章を十歳の時書いて作文の時間にほめられた。そういう純真な子供心を持ったまで大人になったんだ。僕は、二十歳の時恋をした。当然の事だがしあわせな家庭を持った。それは僕が純真で真面目だった証拠に他ならない。

サラリーマンには何が必要かと聞かれて僕には真面目さしかないんですと答えて来た。人に優れた特技がある訳ではないし、体力も知力もそして容貌の事まで言われてしまえばそいつを殺したくなりますよ僕は。

そういう時代ではないでしょうね。一生懸命に生きていたはずなのに。一生懸命とは武士が自分の少ない土地を生涯かけて守って生きる言葉から出たというけれど、今はそういうのは小心翼々という風に言われてしまうのでしょうね。

僕は野心を持たず、やる気やら先手必勝やら人の倍動くとか目立った処が無かったみたいです。

選別の時代です。社会にとって、企業にとって不要な人間。まさか自分が、そんな、……そして今どっかの会社がリストラやって何人かの人達がはじき出されて、それも突然なもんだから前途の希望も持てず、再出発の気力も失って自失の日々を送る者も中にはいる。そんなまさかの僕が今日も公園に弁当を持って出勤して来ている。今読んでいるこの新聞にも又紙面をにぎわせているよ、そんな肩たたきに遭った中高年の話題がいっぱいさ。

新聞は家で取っているのと、ホームで拾ったのとで今日は三紙持っている。読んだ順に芝生に敷いておわりに顔にかぶせて昼寝をするんだ。本当は四紙以上あると満足出来るベッドになるんだが今日はなぜか三紙なのだ。チューインガムだとか何やら食い物の吐き戻したようなのとかヌルヌルっとしていたから急いで手を離したよ。そういう汚れた新聞を拾い集めている自分はこのネクタイに対して申し訳ないと思って今はノーネクタイで寝ころがっている。身から出た錆とは解っていても、そういう新聞の捨て方をするヤツを憎むね僕は。だからホームで新聞など拾い集めなければ良いのになどと言われると居直るね、これがサラリーマンの習性だ、などと意味不明な事言ってでも居直っちゃうんだ。そのあと徹底的に落ち込む、そういうパターンで生きて来た僕です。

きのうの夜はハンバーグと野菜炒めだった。もちろん一本のビールもついている。子供と同じ献立だからこうなる。というより子供に作った残りのようだ。

一本のビールが僕のプライドのすべてです。大黒柱である。苦しいサラリーマンを続けている。そして大人の四十歳なのだ。だから妻にも子供にも無いもの一本のビールが夕食に出るのだ。そのビールを飲んでいる時妻が言った。職場の在籍証明書が必要なのだ子供の学校の事で、だから翌日昼休みに会社に電話を入れると言った。別にどうという事ではない。会話の貧しい中年夫婦の夕食時には歓迎するような話題で、こういう時位しか会社の大切さをわかってもらえないチャンスなのだ。以前なら。しかしここで狼狽してしまってはすべてが水の泡だ。実は妻は知らないのだ、今の事実を。その場をつくろうしかない。こちらから電話をする、仕事のつごうで昼は社内に居ないからなどともっともらしく言ったがしかし気持ちはショックだ。

大いに落ち込んだ。いつかは話す時が来る。しかし今は上手に言えない。妻の怒りを考えると少しでも先の事について具体的な内容を考えついてからの方がいいと思っている。たとえば次はこんな高給な仕事があるからとか。でも今は自分の気持ちの整理もつけられず四日も公園に出勤している時だ。

それがひとつ目の落ち込み。そしてもうひとつは定期券が明日で切れてしまうという事。さらに朝の新聞の件で三つの落ち込みが連続した。もしもこの上さらに落ち込むような事に出合ったら僕は生きてゆけるのでしょうか。

そんな僕の出口のない心の暗さを救ってくれたのがこの一羽の白鳥だ。十羽の白鳥はそれぞれに上下関係はあるもののそれなりに元気一杯生きている。ボスに追われた三匹、その三匹に追われた別の三匹。それでさえ元気に他の場所に浮いている菓子を食っている。さき程の事など無かったかのように自分の前にある菓子を次々と水と一緒に口の中に入れている。

十一羽目のこの小柄で貧弱な白鳥。僕はこの鳥に思い入れたのだ。そうやって集団の中での争いや共存の日々からすらはじき出されて孤独に漂うその姿にたまらなく自分を見てしまった。それはひとかけらのカッパエビセンではあるけれど、それを食べる事によってこの鳥が少しでも生気のある仕草をしてくれれば僕は僕の心はそれ以上に救われるのです。食べているんですよ今。二つ、三つ、四つと嬉々として餌を食べているその小さな鳥の、その純白の白鳥に、ああ、感動だなあ。ジワーッと胸にうれしさが広がっています。こういう小さな、小さな喜びが自分の立ち直りのきっかけになるような気がする。気持ちの整理をつけて次の仕事を、次の人生を探して、僕はもう一度人生をやり直すのだ。そのきっかけの場としてこそ四日間も公園に出勤して来たのなら充分間尺に合うではないか、雨降って地固まるだ。

今その白鳥が五つ目を食べている。頑張れよ、そうやって大いに食べ大いに元気になって、やがて大空に白い羽を広げ舞い上がるのだ。

バサバサという水音を立ててあのボス鳥がやって来た。大分離れているのにここにいる小さな白鳥は強烈に反応して岸に向かって逃げて来る。それしか道が無いのだろう岸に登ろうと羽を広げている。

速い速い。今まで一度も見せた事の無いような速さでもうボス白鳥はすぐうしろまで迫っている。何やらその追いかけるさまは、こんなのけ者のクセに人間から餌をもらってそれも一人占めにして食っている事はゆるせないと全身で怒っているように見える。

岸の斜面を必死で登って来るその小さな鳥が自分でもあるかのように僕は芝の上に立ち上がってのぞき込んでしまっていた。心の中で逃げろ逃げろ、ここまで逃げ込んで来いと叫んでいた。鳥の争いに加わろうとする気持ちすらあった。今僕はこんな鳥の生きざまにすら自分の立ち直りを賭けて声援するほど本当に心が追いつめられているのである。

滑った。草に脚を掛けてその上に滑った鳥の上にうしろから迫った鳥がのしかかってゆく。五割位も大きな体の丸々と肥えたボス鳥は両脚で哀れな負け鳥の背中を踏み付け首を押してその頭に一撃を加えた。さらに二撃、三撃。その時僕は見た、無残なものを見てしまった。

鳥には鳥の社会が、世界があるのだろう。この小さな池の中でそれぞれの力の強さや歳の古さとかで上下関係を作り、上にボス鳥がいてもその関係の中で行動してさえいればそれなりの生き方が出来るのだろう。

そういう小さな幸せ。僕がずっと守って来たのがまったくそれそっくりだった。そりゃあ今は中年になってしまったのかもしれない。でもね、でも僕にだって小さな幸せを守って生きる権利があってもいいじゃないか。神が、仏がいるならば。

結局こういう様に、のけ者にされてゆくのは相手方の考え方から来るのだろう。十羽の白鳥の方で小さな一羽を、のけ者にする様な考え方があるからにちがいない。僕にもそうだ。原因は僕にあるのではなく、僕を取り巻く世間の方にあるにちがいない。会社がいけない。妻がいけない。子供もいけない。そうなんだよ、そういう風に考えるべきなのだ。そういう周りの者の考えが改まれば僕だって皆を許すさ、又元のように、昔のように皆と仲良く打解けてやってゆけるのだ。

春だ、桜だ、青空だ。芝生に寝そべって一年で一番好い気候の中でゆったりとしている。そうだ、今僕は幸せな気分にならなければいけない。それが出来るのはあの一羽の小さな白鳥なのだ。しかし、その鳥は今不幸に落ちる寸前なのだ。きっとボス鳥から見れば、こんなひねくれた鳥は生きて仲間の近くで浮かんでいてはいけない存在なのだろう。ましてや人間から与えられる自分達の餌を、自分達同様に大口開けて食べているなどという考えは絶対的に許されるべき事ではない。集団の中で生きる事を許されなくなった者は、その集団の近くに居る事すら目障りなのだ。きっと今までも何度も追い払われ、餌を横取りされて来たのだろう。だから今日も初めのうちは浮いている餌に興味を示そうとはしなかったのであろう。僕がその鳥に色気を出させてしまったのだ。もう一度餌を食べてみよう、人間の投げ与える菓子に飛びついて満腹な毎日を送ってみよう。などという色気を与えてしまったのだ。今その結果が出ている。大いなる怒りをもってボスはしつっこく小さな哀れなはぐれ鳥を追い回す。

僕は負けたくはない。世間からのけ者になって奴らの憎しみの対象になって短い人生をしぼませてしまう事はいやだ。頑張れ白鳥さん。

でも僕は見た。見てしまったのです。決定的なものを。

丘の中腹で横に寝そべって見下ろすちょうど真下。その後頭部をつかれている哀れな白鳥のそこが丸見えになっている。何度となくこんな場面が繰り返されて来た結果なのだろう、その頭の上から後ろにかけてもう一本の毛羽も残っていないのだ。

寒む寒むと広がる後頭部に地肌を見せつけられて僕は四度のショックに落ちた。果たして僕はこの先、生きて行く事が出来るのだろうか。リーマンショック！

散り始めた桜の木々を吹き抜けて来た突風が湖面を渡って行く。点々と白い花びらが敷きつめられてゆく水面に白鳥達の作った航跡が広がって行く。

空になった菓子袋を手に、愛されない僕は、いつまでもうつろな瞳で春の午下りをながめ続けた。

# いもうと

私が高等学校に入学したのは十九歳の時です。

北の町で中学を終えると就職の為に上京しました。小さな機械工場に住み込みで働きました。工場脇の倉庫の二階が社員寮です、似たような境遇の若者四名との同居です。

部屋は他に五つあって、そこには年上の青年達が入居していました。

仕事にも慣れたので高校進学を思い立ちました。同室の一人が私を誘ったのです。

二人は川崎市の夜間高校に通いました。会社は四時に早退させてくれました。現場では上司が同僚が残った仕事を引き受けてくれて早く学校へ行けとせきたてました。

教室の窓に夕陽が眩しく差し込んできます。疲れて半分うつらうつらしている五月の六時過ぎでした。

新学期を張り切って迎えてからもうふたつき目なのです、居眠りを始めたのは私だけではないようでした。もう高校四年生です、勉強に飽きが来ても当然でしょう。

そんな気だるさの中でふっと私の目の端を人影が横切りました。窓外を遠くまで町の夕暮れが広がっています、富士山が見えます、その下に丹沢の山並が横たわっています。

町並はほとんどが工場です、ここ川崎市は京浜工業地帯の中心です。私の居る五階の教室から見渡す町は活気に満ちています。煙突の火と煙が盛んに天空へ立ちのぼっています。

校庭の境まで工場の建物が迫っています。その工場の脇から数人の人影が出てきて校庭に入りました。昨日もそうでした、今週はずっとこの時間になると入ってくるのです。

夕焼けの明るさが残っている間は校庭の隅でボール遊びをおこなっているのです。五人で輪になってバレーボールに興じています。若者達なのだ、しなやかに快活に跳ね上がり動き回る。持続するその動作からは技量のしたたかさもうかがえます。

私はスポーツが好きです、特にバレーボールのパスは手軽に出来るので大好きです。

夜間高校で最も眠くなるこの時間を救ってくれた感謝を込めて校庭でのボール遊びをながめ続けました。

遅刻や欠席は常識となっている四年生なので教師は居眠りにも私語にも寛大です。

勤労学生の苦労を知り尽くしている教職員は学力向上には手加減をしています。出席さえすれば落第などは無いのです。追試やレポートで後押ししてくれるのです。

私は一日も休まず通学しました。学校が好きです。勉強も好きです。

それでも息抜きはします、よそ見ぐらいはします、教師は教科書を読んでいます。私は窓外を見つづけます。

ついにミスが出ました、というか、一人がふざけてアタックしたのです。打ったボールが大きく外れて校庭の中を転がって来ました。それを追ってきた人影がちかづいて大きく見えてきました、少女でした、長い髪と膨らんだ胸が見分けられる所まで来ました。

暗くなっても少女達は名残惜しげに遊びつづけて七時近くにようやく帰りました。

高く柔らかく上がったボールが楕円を描いて落下してくる場所へ走り寄ると、『一緒に遊んでもいいかい』大声で言いました。受け止めようとしていた少女が素早く私に場所を譲ってくれます、腰を落として腕を深く曲げて真下で受けてバネを効かせて力を集めて天空に跳ね返します。『どうぞ』と五人の少女が同時に言いました。

『僕はここの夜間部の四年なんだ』一休みの時に自己紹介をすると『私達N電気の女子寮にいるの』と応えてくれました。校庭に接している女子寮から来たのでした。

日曜日に来て遊びの輪に加わった私を素直に受け入れてくれた彼女達は十六歳でした。三交代のN電気の生産ラインで働いていました。また次の昼間勤務の週になったら会えるのです。名前や寮の住所なども交換しました。

激しい動きで上着のブレザーのボタンが取れてしまいました。袖のつけ根が少しやぶれました。少女の一人が持ちかえり繕ってくれました。

私はその少女達の一人と文通を始めました。上着を繕ってくれた少女です。校庭には入れなくなり彼女達とのボール遊びは終わっていました。女子寮に灯がともり四階の少女の部屋が教室から見えると何時も幸せな気持ちになるのです。よし勉強するぞと張り切れるのです。

環という字をたまきと読ませます。姓は普通でしたがこの環という名は記憶に残っています。二人で映画に行きました。二人で遊園地にも行きました。海にも山にも行った思い出もあります。目が印象的でした、顔は丸顔でそばかすがあったのも忘れません。

田舎は私と同じ東北地方ですが、ずっと北の最果て下北半島だったと思います。

駅で待ち合わせていたのを会社の先輩が見ていました。仕事中に聞かれて妹ですと答えました。彼女に言うと手紙に兄さんと書いてくれるようになりました。

一緒に夜行列車で帰省したこともあります。上野発の青森行き鈍行列車で長い長い旅路を硬い二等座席で肩を寄せ合って眠ったのです。

定時制高校生が羨ましいと話していました。交代勤務なので通学できないのです。

夜の校庭をライトで照らして体育祭を行いました。フォークダンスの輪が大きくひらいて閉じて手を取り合った男女学生の上を音楽が流れてゆきます。

環さんは仲間達とそれを眺めていたそうです。学生生活をエンジョイする私がとても羨ましいと言いました。女子寮の四階からすぐ下の校庭は限りなく遠い所だったと淋しがっていた事を思いだしました。

私の工場勤務や独身寮の日常はやはり大変な日々でしたが黙っていました。


廊下のドアをドーンと蹴って開けた番長が『けえったぞー』と怒鳴ると私はすぐに水をコップにいれて走るのです。彼を部屋に素早く導いて布団の上に座らせて水を差し出すのです。毎晩のように駅前の小料理屋の知恵ちゃんのところで深酒をしてくるのです。

社長も班長も紳士です。通勤してくる工員さん達は皆いいひとなのです。寮生は十六人いましたがこの中に恐ろしい人達がいるのです。

私より五年前に入社したAさんとBさんが凄いんです。三十歳くらいでした。

ねりかんにいたのだそうです。本当かどうか知りません。会社の役員が慈善事業に係わっていて不良少年の更生の為に仕事を紹介しているそうです。その縁での入社だと知りました。出所後は横浜で鳴らしていたそうです。すぐに自慢話をしますから全部覚えてしまいました。

練馬区に東京少年鑑別所があったというのもAさんBさんの話です。Bさんは年下なので副番長ということで、さらに一人仲間がいます。頬に傷のあるCさんが私の後に入社しました。無口ですが目つきは鋭いのです。AさんもBさんも一目置いて顧問の様な立場にして尊敬していました。

私はスポーツは好きです。中学では柔道部でした。Bさんが横暴なので対決しました。工場の裏手の林の中で格闘しました。投げ飛ばせばそれで勝ちの柔道は通用しませんでした。顔が膨れ上がり体にも傷が出来ました。以後は服従しています。

私はマージャンも好きなんです。麻雀です。Cさんとは気が合いました。彼は勝負師だったのです。暴力団関係の玄人に知人が居るとかでAさんだって下手にでていました。

夜学の給食で残るパンとバターを持ちかえる私を可愛がってくれました。

旨そうに、夜食として食べてくれます。そして私と交代して風呂にゆきます。

私は張り切ってCさんの持ち点を守りきりました。ずっとそうだったのですが、ある夜のこと大きなミスを仕出かしました。多牌と言う大ミスで最下位になってしまいました。Cさんはにこやかに『おとしまえはつけてもらうよ』と言いました。笑顔なのに目だけはもう本当に怖いのです。

毎月の給料から五万円をCさんに渡し続けました。

彼女の生い立ちも、そして今の勤務もやはり涙の物語が一杯に詰まっている事も知りました。似た者同士ですよ。生きて行くのは甘くはないのです。にいさんは卒業したらどうするの、大学にゆくの、そしてもっと良いところへつとめるのですか。そう言われてはじめて進学を意識しました。いつか、大学を出て高給取りになったら、私達二人には幸せな未来が開けるかも知れない、と思うようになりました。

会社を変わってしまえばAさんBさんCさんとの日々も無くなってしまうのだと思うと体が震えるほどの希望がみちあふれてきました。

私は夜間大学を受験しました。そして合格しました。万年筆を贈ってもらいました、おめでとうにいさんとメモがはいっていました。

夜の清水谷公園が学生で溢れていた。街灯も少なく顔の見分けも出来ないが多くの者がタオルで口と鼻をしっかり覆っている。その上から白いヘルメットを被っている。誘ってくれた女子学生に教わり私も手拭で口と鼻を覆った。既に国会議事堂附近は催涙ガスが大量に漂っていると言うのだ。

彼女がそっと私に腕を絡めて来た。反対側からも上級生の女性が同じようにして来た。大丈夫よと目であいずをしてくれる。新入生にはみな女子上級生が付き添っている。旗や長い角材を持った全員揃いの白ヘルメットの大柄な男達が前方に密集している。

地面から沸き上がるような歌声が全体を包んでいる。次第に大きくなる、周りの上級生達が歌いだす、体を揺らして歌うと私も揺さぶられる。立て、飢えたる者よと聞こえる。遥か前方の演壇で中年男が演説をしている。

八人が横にスクラムを組んだ一列が無数に連なっている。長い隊列が蛇行しながら駆けつづけている。

隊列の脇にはハンドマイクを握った男がいて彼が『さとう』と言った時は『たおせ』と呼応するのだ。『闘う総ての学友諸君、われわれはこの反動内閣の暴挙を断固阻止しようではないか』と先頭の自動車の上で男が怒鳴っている。角材と旗竿を横に渡して激しく左右にくねりジグザグにデモ隊列を先導する男達に導かれて私達の縦列も横に動く。

公園をでると街路には楯と警棒を装備した警察機動隊員が待ち構えていた。投石防御の前面覆いの付いた青いヘルメット姿だ。

デモ隊列をはさんで動きを押さえ込む。負けじと激しく動く学生達。『シュプレヒコール、我々はたたかうぞー、最後までたたかうぞー』脇のハンドマイクも絶叫する。

機動隊の大きな自動車から投光機の強い光が先頭の指導者を捕らえる。彼は車上で激越な演説を続けている。『そこの学生、車の上の学生、止めなさい演説は禁止されている。やめろ、逮捕するぞ』投石がライトに集中する。角材が振り上げられる。

動きを阻止された私達は路上に座り込んでインターナショナルを合唱した。

私が大学に入学したのは二十二歳の時です。

定時制高校を卒業して夜間大学に進みました。工場で働きながらの進学はいままでどおりでした。

しかし、そんな生活はすぐに変化してしまいました。

高校生活の四年間を学級委員として真面目に務め上げてきた私は大学でもそれを実行する予定でした。クラス委員に立候補しました。そして当選しました。

大学では学生運動が盛んでした。私は知りませんでした。学校は勉強するところだと思っていました。教師の講義を吸収することが学生の本分だと思っていました。

革命的マルクス主義学生同盟とは何か、ベルンシュタインとはバクーニンとはどんな外人なのか、上部構造とは何か。高校で習わないことだらけの中に投げ込まれたのです。

学生自治会大会にクラス委員として出席したのが変化の入口でした。

教師が来ると起立と号令をかけて礼と続ける。そして私が着席と言って全員が座り授業がはじまる。四年間の毎日が大学には無い。代返なども高校には無かった。ナンセンスなどと師の講義を妨害する不規則発言が続発するのが大学なのです。

ローザ・ルクセンブルグという外国女性の名前をあだ名に付けられた上級生は長い髪と濡れた瞳の素敵なお姉さんでした。

この女性は多くの新入生を学生運動にオルグしました。私もその情熱的な肢体と話術に恍惚とした一人なのです。

佐藤内閣が日韓条約を結ぶ事に反対する行動。授業料値上げに反対する行動。色々な事がありました。学生会館に泊り込んで戦いました。

社内寮には帰りません、夜中に身の回りをまとめた荷物をかついで逃げだして来たのです。給料日の夜でした。

四月の入学からわずか三カ月です。それまでの価値観を、しがらみを、生きざまを捨てて世界同時革命の戦いに飛び込んだのです。

紅い夕陽が校舎を染める中で、学問にひたむきに打ち込んだ高校四年生はトロッキストと呼ばれていた暴力学生活動家の仲間に早変わりしてしまいました。森田健作からトロッキーまでを最短で駆け抜けたのです。

妻と娘二人とで温泉旅行に行きました。晩秋の東北の山並みは紅葉が盛りです。還暦を家族が祝ってくれたのです。海の幸、山の幸を堪能しました。家族の絆を温めました。

帰路は上野駅から京浜東北線に乗りました。私の密かな決心なのです。みんな同意してくれました。川崎駅で南武線に乗り換える事も知らせました。

品川を過ぎると大森と蒲田の街がちかづきます。私の青春が詰まっている南部工場地帯です。四十年前この一帯は零細工場で埋まっていました。

大学での学生活動は長くは続きませんでした。日和ったのです。逮捕の恐怖に日和見の態度を示したのです。またまた身ひとつで逃げだしてしまいました。

でたらめな履歴書ひとつで雇用してくれる町工場が無数にある南部工場地帯に逃げ込んで数十年を過ごしたのです。工場の機械操作も電気溶接技術もすべて夜学生時代の経験が私を救ってくれました。

車窓にしがみついて飛び去る町並を見続けました。すっかり様変わりしています、それでも見覚えのある建物等を目安にかつての自分を探し求めました。

やがて多摩川が見えてきます、あの対岸が川崎市です。ここから南武線で登戸まで行きます。そしてさらに小田急電車で相模原市の自宅へ戻る事を妻と娘の了承を得ています。

JR南武線もかつての面影はありません。近代的な清潔でスマートな車両と駅舎に変わっていました。それでも私には当時の空気が感じられました、もう気分が昔に戻っていたからなのでしょう。

平間駅を過ぎるともう妻や娘の存在も消えてしまいました。心臓が早くなってきます。涙が溢れる準備もととのいました。

見えました、高等学校の校舎と広いグランドです。建物は変わっても校庭の面影はそのままです。N電気の女子寮はありません、でも私には見えています、思い出の中に見えているのです。

あのグランドで走り、あのマウンドからのボールを打ったのだ。フォークダンスも走り高跳びもみんなみんなあの校庭で夜間照明を浴びてうちこんだのです。

十九歳の私が、二十二歳の私がほらあそこに飛び跳ねているじゃないですか。

その校庭の向こうには女子寮があります、四階のあの部屋から顔を出しているあの少女が環さんです。ちょっとソバカスのある丸顔で何か言ってます。

『おにいさん、その後如何していましたか、今は幸せですか』聞こえるのです、見えるのです、私の思い出が今ここに再現されているのです。

『知らせずに逃げていってしまってゴメンナサイ、何とか還暦を迎えました』心の中で返事をしました。

『おにいさん、楽しかったあのころを覚えていますか、私のことを忘れてはいませんか』つらい言葉が聞こえてきました。もう涙が溢れてしまいました。拭っても、ぬぐっても止まりません。胸が張り裂けそうです。

申し訳なかった、本当に私がわるかった、たまきさん許してください。涙で霞んでしまったグランドと少女の笑顔が後に去ってゆきます、もう声も届きません、ただただ涙が溢れて溢れて止まりません。

覆水は二度と盆には返りません、若い日の思い出はきらめくように輝いていて、突き刺すように悲しいだけなのです。
我に返ると、妻が娘達が優しく私を見つめてくれていました。

# 俺の三十九歳

しばらく言い争っていた二人がひと呼吸おいて車外に視線を向けた。駅で停車したのだ。ドアーが開いて人々が降車し始める。

その時を待っていたかのように革ジャンの若者の足が動いた。素早い蹴りは相手の下腹部へ確実にきまった。降車する人々の波にもまれていた黒コートの中年男は若者の攻撃をかわせなかった。

一方が股間を押えてうずくまる。その呻き声を無視して他方は素早く背を見せて車外へ走り出ようとする。

「ちょっと待ちなさい。アンタ」

革ジャンの裾をつかんだのは窓際に座っていた白髪の老人だった。

「野郎、離せっ、クソッ」

若者は振りほどこうと体をゆすり乗り込んで来る人波をかき分けて強引に車外へ走り出そうとする。にぶい革布の裂ける音がして釦が飛びジャンパーの裾が長く伸びる。しっかりと握った老人はそれでも裾口を離そうとはしなかった。

革ジャンパーの内懐から定期入れがこぼれて車内にころがる。座り込んで呻いていた男の手がそれを押えた。

「あんたが悪い」

老人の目は怒りに燃えている。小柄だが背筋をピンと伸ばして正面から若者を見据えている。一歩も退かない気迫がうかがえる。

次の駅で降りようとしていた俺は何となく少し面白くなりそうな気がしてドアーの処で立ち止り三人の争いのなりゆきを待った。

「いい若い者がなんだ。酒に負けてだらしがないぞ、さあさあおきて、立って」

いきなり頭を小突いた黒コートの男の行いは性急だった。目をさまさない、反応がない。今度は拳を固めて頭へこじり付けた。座るのは自分ではなく大きな荷物を持った老婦人だという名分が高飛車な言動の端々に出ている。

「どうした、こんなに酔ってしまってシャンと出来ないのか、お前だけの席ではない。お年寄りには少し位は思いやりを見せてあげなさい。こんなにたくさん荷物をかかえて大変だと思うだろう。飲むのもよいがほどほどにしなけりゃ」

シルバーシートを寝台にして長々と一人占めして酒臭い寝息を吐いている革ジャンパーの青年は深く眠り込んでいた。半長靴をはいた片足を床へ長く伸ばし、もう一方の足は靴のまま座席に折り曲げている。半開きの口の端からは座席のシートへよだれが流れている。

だが、頭を小突いたその黒コートの中年男の顔も大分赤らんでいる。拳で頭をこじり込もうとするがこちらも酔いがひどいらしく直立出来ずに片手は吊り革にすがっている。口の端がゆがみ薄笑いを噛み殺しているのが分かる。何気なく触れているように見せかけてその実は全力でこじり込もうとしているのが手首の張りつめた筋肉の様子で分かる。

「おおっ、なっなっなんだよー」

革ジャンの上体が動いて口から声が出た。黒コートの中年の腕の筋肉がさっとゆるみだらりと片手をぶらさげた様子に変る。

「イテェナー。なんだよー手前《てめえ》は。なぐったな。オラー」

大分痛かったのだろう。若者は完全に目を開いていた。頭をさすりながら立ち上がると大声で叫び、黒コートの中年男の前へ出ようとしたが、半長靴の片方がすべって床に流れ出している自分のよだれの上をベッチャリと踏んでしまっている。その空いた席に老婦人は荷を抱えて無言で座った。そして目を閉じて下を向いてしまった。

座席にはまだ二人分の余裕がある。黒コートはそこを指して青年に座るようにうながす。

「さ、そこに座って、シャンと座って、三人掛けが出来るだろう。そうしなさい」

左右を見まわして中年男は自分の言い分の同調者をさがすようにさらに続けたい様子だ。私を含めて周りの乗客は何も言わない。

「みなさんだって疲れているんですよ。どうか一人占めしないで下さいね」

今度は大分トーンを落して丁寧な口調でさも自分の言い分は条理をわきまえたものなのだとアッピールするかのように続ける。

しかしいつまでも中年男の発言に聞き入っているような革ジャン青年ではなかった。しっかりと黒コートの目を見据えておいてジーッと顔を近付けて行く。額がピタリと付くまで寄せてしばらく無言で息づまる時を作る。

声が低い。ドスのきいた小さなささやき。

「なぐったな。今なぐったよな。そうだよな、手前は俺をなぐったよな」

ゆっくりと一言、一言区切って念を押すかのようにささやく。そしていきなりの大声。

「おう、おう、何とか言えよ。痛えじゃねーかよおっ。オマエやる気でいるのかよ。俺と差しでやる気か。その目は。上等じゃねえーか」

噛み付くばかりに耳元で大口を広げてわめく。

「いや、いや違いますよ。そんな。ちょっと起きないからさわっただけで、その何ですよ、ちょっと起きてもらおうと思ってね、肩とか顔の処とかを軽くゆすったりさわったりしてね。ええ、そのここのシルバーシートというのはなるべくお年寄りなんかにですよ。座ってもらうのが一応ね、こういう車内のマナーだから……」

さわらぬ神に祟りなしである。だれ一人反応を示さない車内で中年男はしどろもどろになりながらも態度を改めて弱々しくくどくどと言い訳を続ける。

暴力を受けた事だけは事実だ。その処をのみ取り上げて大声で言い寄って来た革ジャンの若者の一面の正当性を認める訳には行かないのだろう。ひたすらシルバーシートの件だけを繰り返す。

「私はですよ、ただそのシルバーシートにお年寄りに掛けてもらいたいと、その何ですか一人だけでは何ですから三人掛けとかすれば、そうすれば別にシルバーシートだからって立つ必要はないし……」

苦しい言い訳を続けながらチラチラと何度も老婦人や車内の客を見回す。何とか同調者が出現するのを求めてその口調は訴えるように悲痛になっている。

眠る者、新聞を広げて顔を出さない者、ドアーから外を見続ける者。押し殺したような静けさに包まれた車内を二人の男の言い争いだけがはてしなく駆け回っている。

下を向き息を殺してなりゆきを見守る人々の中には俺もいるのだ。徒労に終わった一日の苦々しい胸の想いに耐え切れなくなっているのだ。出来る事なら二人の内のどちらかにでも八つ当りして見たい程に、俺の心は苛立っているのだ。

「何だよお、その言い草は。オマエ何考えて言ってるの、俺とヤル気で言ってんのか。まったく黙って聞いてれば、ヘラヘラ、ヘラヘラ調子の好い事ばっかり並べてよー。そんだけ言うって事はオマエそれなりの覚悟は出来てんだろうな。どうなるかわかってて言ってんだよな、いい度胸だよオヤジよぉーっ」

若者は自分が先に暴力を受けた事に固執する。

「私はシルバーシートの事を話してるんですよ。何もその、覚悟して言う事でなく、マナーの件で丁寧に説明すると言うか、伝えると言うか、そこんところをしっかり聞いてもらいたいから……」

老婦人は別席に移って早々に寝入ってしまった。

斜め対面から俺はその寝姿を見て狸寝入りだと見破った。アイツがそうだったたからだ。あの昼間の職業安定所の役人がまったく同じような態度を取ったからだ。

今日、明日中にでも決まって職に就かないと首が回らなくなってしまうんだ、アパートすら追い出されかねない、三カ月分の部屋代が溜っているのだ。

それなのにあの窓口の役人ときたらまったく本気になってくれないのだ。

免許ないとね中々むずかしいよ。えーと独身ねえだけど寮はねえ若い人用だしね。転職多いねえこの中で何か資格とか取って来てないの。倉庫の荷造りとか整理なら有るかも。字を書く仕事は少ないよ、事務系は学歴とか資格でねえ。それに年齢も多少ねえむずかしいんだよね。

相談窓口で俺の書いた履歴をいちいち口に出して読んだ上で潰しにかかる。字は下手だし簿記も経理も知らない。もうすぐ四十だしこれといった特技もない。十五の春から働いている。数え切れない程の転職もある。新人は散々こき使われる。現場の上司はいつも俺を見下している。遅刻や欠勤も多い。疲れる体質だった。一年も続かず退職したのも四つ五つはあった。一番長いので四年。まともにボーナスをもらった会社は少ない。大体において小さな会社はボーナスも少ない。残業は多い。汚くてきつい。作業服もくれない会社もあった。三日目で退職したら給料を出さない会社もあった。ずる休みを続けてそのまま出社しなくなった会社もあった。

それが今こうした結果になっている。でも楽して仕事以外の人生を大切にしたいという信条だけは曲げたくない。もうこの年では肉体労働はいやだ。何とかデスクワークで働きたいとだけは思っている。そういう俺の気持ちが伝わったらしくそこの求人カードの中から勝手に捜せと言うとすぐに昼休み時刻になるまで俺を待つ間は椅子にそり返って狸寝入りしているではないか。

二人の酔客の論点の合わない口論は長かったが急所を蹴り上げてからの若者の動作は早かった。しかし老人の素早さは俺の予想外だった。

ホームの拡声器が時間調整で三分間停車すると告げている。対向車が入って来て先に出てゆく。

急所を押えて黒コートの中年男は呻いている。一旦ホームを見渡した革ジャンパーの青年はゆっくりと車内へ身体を戻した。無言で黒コートの頭を靴で強く蹴り上げる。音を立てて床に仰向けになるその顔一面に血潮が散っている。そこを上から半長靴の底が押しかかる。グリグリとこじり付ける。グェッグェッとひしゃげたような声を出す黒コート。

気が済んだのかやがて青年は車外へ走り出す。その時ドアー近くの老人の手が青年の革ジャンパーの裾を握った。

「あんたが悪い。何てことするんだ」

老人はしっかりとジャンパーのポケットの処を握りしめて若者に言った。

「野郎、離せ、クソッ」

若者は振りほどこうと体をゆすり乗り込んで来る人波をかき分けて強引に車外へ走り出そうとする。にぶい革布の裂ける音がして釦が飛びジャンパーの裾が長く伸びる。しっかりと握った老人はそれでも裾口を離そうとはしない。

革ジャンパーの内懐から定期入れがこぼれて車内にころがる。呻いていた黒コートの手がそれを押えた。その上から半長靴が踏み潰す。それでも黒コートの中年はしっかりと握って胸の下で抱きしめる。

「あんたは悪人だ」

その声への返事の代わりに老人の胸に見事な蹴りが一発決まる。若者の長い脚が半円を描いて高々と上る。たまらず老人は手を離して反対側の窓側まで飛ばされて音を立ててドアーに当たる。若者は車外へ走り出る。

「ヒトゴロシー、キャアーッ」

車内の女が自分が殺されるような甲高い声を張り上げてさけんだ。

どこかの大学の運動部だろうか、体格の好い青年達が一団となって乗り込もうとしていた。絞め殺されるような金切り声に対する彼らの反応は早い。ドドドッと走り寄るとすでに革ジャンの男は取り囲まれてしまっていた。

十数人の学生服の男達に囲まれてひるんだ革ジャンパーの青年は立ち止まってしまった。

「俺じゃねーよ。関係ねえ。どけよ降りるんだから。どけったら」

さかんに周りを見回して脱出口を見つけようとしている。これは面白くなりそうだ。俺は立った。釣られて何人かのサラリーマンが立つ。取り囲んだ輪の処まで見物に来たその時だ、丁度そこへ革ジャンパーの青年が学生達の間をかき分けて走り出して来た。その後から学生達が追う。俺はとっさに革ジャンへ近づく、目の前を走り過ぎようとするそこにチョコンと足を突き出す。青年の半長靴と俺の安物靴とが絡み合った。グイッと足に力を入れると青年の長身が棒立ちになってそして上半身だけが前のめりになる。革ジャンがホームのコンクリートに音を立てて転がった。

「人殺しを捕まえたぞー」

俺はついに大声で叫んでしまった。あの若い女が確かにそう言ったのだ。

「皆さん、そいつを捕まえておいて下さいね。本当に殺されそうになったんだから私は」

走り寄った学生達に押え付けられている革ジャン青年を見ながら黒コートの中年男が苦しそうに呻いた。胸にかき抱いていた定期入れを見せながら顔の血を拭う。

「これがそいつの定期入れだ。名前も住所も書いてある。私はこんな血だらけにされたんだ。こいつは殺人未遂だよ、私はこれから警察を呼んできますからね」

立っていられず蹴りつけられた腰を押えてうずくまってしまった。俺は思わず近寄りそっと抱き上げる。血と泥と唾液。そして破れた黒いレインコートの下の高級背広。その上等な服地を見て俺は思わず自分の背広を考えてしまう。これでも一張羅の外出用なのだ。もう十五年も前に買ったものだった。あの頃は俺も二十代の半ば。とにかく今よりは体力もあり人並みの残業をした事もある。服も靴もとりあえず買い揃えられた。今の俺にはこの一着こそがサラリーマン時代の誇りを残す宝なのだ。三十九歳。まだ三十代のあいだに何とか職を見付けようと安定所に行く時は必ずこの背広で行くのだ。少し若作りをして原色のネクタイに真珠のタイピン。今の俺には精一杯の努力だ。

世の中の不景気を全部背負わされるのが俺達中年世代だ。その中でも失業者は悲惨だ。特に俺みたいな体力も無い特技もないライセンスも無い、それでもって少しばかりデスクワークをまあ俺の場合中小企業の生産管理をだなワイシャツ・ネクタイ姿でだな女性アシスタントまで使ってやって来てしまってそれなりのプライドを持っている者が一番つらい処へ立たされているのだ。

会社なんてのは何かしらの事業をやって要するに利益が出ればいいのである。売ったの買ったの支払伝票だ納品書だ部品票だと言ったって、そのもうけの為に使っている書類なのだ。別にむずかしい事ではない。人事も庶務も経理も営業管理も外注管理もすべてすべては会社のもうける為の仕事とその作業の意味と手順さえ覚えてしまえば気楽に出来る。

それでもって現場で汗水流して働いている労働者達に対してはアゴで指図出来るし結構俺の事を持ち上げてくれる。

俺はそう思って来た。少しばかり事務の理解が身に付いた為に俺は思い上ってしまったのだ。

首になってから考えると本当にバカな事で損ばかりしている。それだから結婚も出来ないのだなどと言われるとなおさら落ち込んでしまう。素直になれなくなってしまう。何だよお結婚してなきゃ半人前だなんて仕事も出来ねえ奴に言われてしまうと殺したくなるね、実際。

だけど今の俺は素直だと思う。限りなく純粋である。車内暴力に対して燃えるような憎悪を持って立ち上がろうとしている。

「俺が捕まえたんだ。早く、だれか駅員を呼んで下さい。そしてすぐに警察に来てもらって下さい。そいつを逃がさないで下さいよ」

俺が言っている間に駅員は駆けつけて来た。学生達は革ジャンパーの男の両脇からしっかりと押え、さらに後ろからも一人が腕をねじり上げている。それでも逃げようと革ジャンは盛んに暴れる。警察と言う俺の声を聞いて益々大暴れする。そして後ろへ振って勢いをつけて蹴り上げた足が前から押えようとした学生の腰を打った。と思った瞬間その学生は腹の底から出たような声で『アチャー』と叫んだ。

グイッと腰を回して革ジャンの蹴りを紙一重でかわしながら彼の固めた握り拳がすっと早く皮ジャンの腹へ突き込まれた。『グギェッ』と不快な呻きを出すと革ジャンの男の目が吊り上がって、そしてそのままグンニャリと崩れたように座り込んでしまう。

「オイ×××よ手加減したか、お前の技は未熟だからな」

リーダー格の学生が突きを入れた者に注意する。

「オッス。手加減したっす。やわらかーくなでるようにやわらかーく」

周りの学生達がドッと笑い出す。そのままバカ笑いが続く中でひとり革ジャンの男が腹を押えて芋虫のように丸まって呻いている。

やがて駆けつけた二人の警官が中に入って事情を聞く。革ジャンの男もようやく立ち上がる。

「それで最初はだれが殴ったのですか」

警官の問いに俺が肩を貸して支えている黒コートの中年男がまず答える。

「老人が立っているのにシルバーシートに横になって酔った振りで狸寝入りをしているから少し席を作るようにお願いしただけなんですよ。いやほんとひどい目に合いましたよ見て下さいこんなに切られて、今から病院に行きますよ。これはもう傷害暴行ですよ、早く現行犯で逮捕して下さいよ」

切れて血の流れる耳元をしきりに警官に見せる。

「いいや。最初はあちらから頭を二つ殴って来たのだ。俺はチョット今日は疲れたもんで酒が回ってウトウトしてシートに倒れてしまっただけなのに。いきなり人の頭を殴り付けて、そんでまあたまらず少し頭に来てしまい……」

その言い訳の終らないうちに俺は大声で一気にまくし立てた。

「おまわりさんそれはウソですよ。私は最初から見てましたからね。三駅前から乗ったんですよ。私が乗った時にはもうその男はシルバーシートに大の字で寝てたんですよ。三人分の席を一人占めして泥靴のまま引っくり返ってだらしなく寝てたんですよ。こちらの方はおっしゃる通り静かに注意しただけなんですよ、ほらシルバーシートですし、丁度ここのお年寄りのお二人がいましたもんだから少し席をゆずり合うように言ったんですけど、それを根に持って乱暴したんだと思いますよ」

今まわりにいる人垣はほとんどその後の客か列の電車待ちでこのホームにいた人ばかりである。警官も俺の言い分にうなずいて聞いている。

「そうだ、おまわりさんそういう分別のないバカ者がいるから世の中が駄目になるんだ。その野郎を牢屋へぶち込んでやって下さいよ。正直者がお天道様の下でしっかり歩けるようにしてやって下さいよ。たのんますよ」

通り掛った老人が少し離れた処から俺の話を聞いていてくれて応援までしてくれる。

「いや、オレは、ただ、オレ、オレはその殴られたからつい反撃してしまっただけで……」

又々弁解を始めようとした革ジャンの声を途中でさえぎって俺は話を続けた。

「そちらにいるお二人のお年寄の御夫婦にまで恐ろしい乱暴をしたくせに。ほら、おまわりさん彼のジャンパーの裾が破れているでしょう。これはですね乱暴に見かねて止めようとしたそのおじいさんが押えた時に握ったんですよ。そしたらおじいさんを殴り飛ばしたんですよ。彼はね長い事シルバーシートに土足でひっくり返っていて混んで来てもそれを無視していたんですよ」

　警官は革ジャンの裾を見て納得したようにうなずいた。そして。

「これだけ皆さんが言ってるんだ、一応傷害暴行の疑いがある。後は署でゆっくり調べるから、さあ同行しなさい」

　不利になってゆく状況にたまらず革ジャンパーの青年は体を振って叫び出した。

「皆でオレを犯人にしようとしているんだ。ウソだー、みんなウソだー。オレは先になぐられた、オレが暴力を受けたんだ。ウソだー」

　俺は興奮した。大きく手を広げてその弁解をさえぎるとキッパリ言ってやった。

「この恥知らずめー。あやまれっ。無抵抗の人や老人を傷付ける事しか出来ない野蛮人め、俺はゆるさんぞー」

　これを見てついつい乗って来た黒コートの中年男も興奮した。

「そうだっ。その通りだっ、こいつが犯人だっ。私は話せば解ると思って散々注意したのにそれをいきなり蹴り付けて来て、八回も蹴られたぞ、腰の骨にヒビでも入ったかも知れん。絶対にこいつは傷害の現行犯だ。警察は人々の味方でしょう。さあ早く逮捕して下さいよ」

　周囲からも次々に叫び声が上がる。

「ひどい奴だ。無抵抗の老人を」
「見てたぞ、傷害犯だぞ、そいつは」
「弱い庶民を助けるのが公務員だぞ」

数人の駅員、公安官と警官に引かれて革ジャンの青年と老夫婦、そして黒コートの男達は駅出口へ向かって行った。

次の電車がホームに入って来る。

俺の横に座った人は何やら歌を口ずさんでいる。

今日は職安でも散々だったが一日の終わりに良い事が出来た。これなら明日こそ職が見つかるような気がする。早起きして二つでも三つでも職安を回り前向きに生きよう。

元気が出た。心に余裕が持てるようになった。

大声を出したので急に疲れが出て眠くなって来た。

横の人が口ずさむ歌が心地好い。

♪カラジシィボタン♪　そこだけははっきりと聞こえた。隣の人が歌っている。声が少し大きくなった。いいなあ俺この歌大好きなんだ。

俺もそうなんです。右を向いても左を見ても本当に世の中真っ暗闇ですよねえ。生きづらいですね。こんな真っ正直でバカが付く程純情な俺が一番損ばかりしているんですよ。

でもね、しょせん世の中なんてバカとアホウのからみ合いでしょう。割り切って行くしかないでしょうね。いやあ好い歌ですね。
人生の並木道は嵐も吹くし晴れもする。明日はあしたの風が吹く。俺は俺の道を力強く進みます。

背中で泣いてる唐獅子牡丹♪～？・？・？・～～～～～。

# 十坪《とつぼ》のるつぼ

## (一) 世帯員変更届

春の日差しはいくぶん傾きかけているが事務所の中はまだ光で溢れていた。

中年の刑事は残った茶をひといきに飲み干すと、すっと背を伸ばして田村を見た。

「実は二、三お願いがありまして……」と切り出したその口調は、先程までの世間話とは一変して押しの強い職業的なものに変わっていた。

「くわしい事はどこまでお知らせできるか難しいところですが、来週の水曜日から三日間ほど、こちらの七号棟の空部屋を使いたいのでして。ええ、できれば五階あたりだといいんですが」

説明を十分ほど聞いていた田村は即答せず、客の前の湯飲みを持ち上げた。そろそろ茶の入れ替えどきだ。

「この上に営業所、さらにその上が本社という形になっていますので、一応通してはおきますが、ま、お貸し出来ると思いますよ。今のところ五二一号室と五二五号室が空家になっていますから」

新たな茶を二人の刑事の前に出しながらそう答える。

刑事は左手のハンカチで鼻の頭を拭いて、そのハンカチで湯飲みの下を押えながら、またひと口、ふた口と飲む。続けて三口ほど飲んだあと湯飲みをもどす。内ポケットから手帳を出してパラパラとめくる。

「しかし見ものですな。確認のためもありますし、その日は少し遅くまで残って、ええ、お仕事にさしつかえない所で見せてもらいますよ。よろしいでしょうか」

田村は受話器を持ち上げてダイヤルを回した。

午前中はそれでも数件の来客と電話での相談もあり、なんとか時間をもて余さずに終わった。月半ばの火曜ということで、午後は長時間来客を待つだけになりそうだった。たいていは文庫本の一冊くらいこの一日で読み終わってしまう。

案の定、今日も午後からの三時間は来客も電話もなく、静かに過ぎていった。出勤時に仕入れた週刊誌はひととおり目を通してしまった。

そこに入ってきたのが制服姿の二人だった。こんな時の来客は、たとえ桜田門からやってこようと大歓迎なのだ。もうちょっとでうとうと居眠りをしでかす寸前だった。

田村は警視庁刑事の二枚の名刺を何度も交互にながめたり裏返したりのあとでケースに納める。

「今までも何度かやろうかとは思ったのですが。なかなか正確な情報が取れなかったもんで。やっとここまでこぎつけたというわけですよ」

中年の刑事は大変に興味深い内容を話してくれた。田村もこれまでに数度は、地元の警察署のパトロール警官や刑事の来訪を経験している。だがそれらはいずれも不良少年の家出調査や交通事故とかサラ金関係などのありきたりの聞き取り調査でしかなかった。

「大捕物を張っての一網打尽という段取りですね」

若いほうの刑事に向かって話しかける。彼は茶にも手を出さず一心にメモを取っている。来訪時に名刺を出して挨拶してから一言も口を利いていない。雑談も中年刑事が一方的におしゃべりしただけで過ぎていた。案の定「ハイ」と小さく答えたのみである。メモの手を止めて目を上げたがすぐに湯飲みを取ってまた下を向いてしまった。

「いやあ、それはうまくいくとは限りませんな。連中も必死ですからね」

代わりに中年刑事が答える。ブラジルなど中南米系の日系三世らが大きな薬物違法取引の集団を作っているというのだ。その取引場所に都営住宅内の小公園を選定したらしいと情報をつかんだので来訪したというのだ。

「こういう件は出先の管理人事務所でまあ適切に対応すればということでしたよ。営業所は管内にいくつもの団地を抱えているから、私達のところでお話も全部うかがっておきます。火を付けられたり物を壊されたりなどの心配はありませんよね」

そんな確認のやりとりが三十分ほどあって二人の刑事は帰っていった。合計で三杯の茶を飲み、トイレを使用したが、電話は持参の携帯を使い、メモもペンも自分のものを使用したし、スリッパも断わって上がってきたのだ。

この団地は中国残留者の帰国関係で使用されている経緯もあって、王さん一家や陳さん一家らを始めとして、この手の氏名とそれを物語る住民票等の書類はもう見慣れている。まるでヨーロッパ人のような家族が団地を散歩しているのも日課としてもう気にならなくなっている。

一年先輩の井上はこんなことを教えてくれた。

「不適正同居とか家賃滞納とかの都合の悪い話は一切、『ワタシ、コトバヨクワカリマセン』で逃げてしまって、そのくせドアが重いとかコンセントが足りない、便所がつまったなんて時は、すぐ直してもらいたくてペラペラ日本語で言ってくるんだから、始末に負えないよ」

そんな井上は今日は調節休日である。田村一人でこの二千世帯の大集合住宅の中心にある管理人事務所を守るのだ。平均して週に二度はこんな勤務日を過ごさなければならない。

長く孤独な中でひたすら来客に備えての待機。時間との辛抱くらべのような日もある。雨の一日は来客も電話も何もなかった。業務日誌には読破した岩波文庫の書名を書く欄はない。世帯員変更などの申請書類の下相談があったり、入居案内などの問い合わせ電話がいくらかあったことにして虚偽の業務報告書を提出したこともある。

だが今日は違う。充実感がある。刑事と国際犯罪の実態について一時間近くも会話したのだ。田村の一存で警視庁の業務に協力したのである。何か自分も捕物帳の登場者にでもなったかのような気分だ。

そしてまた、だれも居なくなったなかでの一時間が経過した。窓の外の夕暮れを見ながら時をやりすごす。

五時十分前から店じまいに入る。火の元、鍵の元、電気の元と次々に終業点検事項を確認していく。そして事務所取締簿に記帳し捺印したところに客が飛び込んできた。

「あらもう五時だわよねえ、悪いわね、お帰りのところを引き止めてしまって」

こういう事も多いので事務所の柱時計は二分ほど先を指すようにしてある。本当は四時五十八分なので二分以内に終わるような内容を期待していると、

「あのねえ、こちらに合鍵ってあるのかしら。鍵を入れたバッグ、友人の家に忘れてき

ちゃったのよ。六時過ぎには息子が帰ってくるんだけど。もしあればそれで家にはいりたいと思って。取りに行くには遠いのよね。一時間も待ってるのもいやだしね」

田村がひとことも言わないうちにポンポンとまくし立ててくる。もう定時で帰るのは無理だ。五時十三分の急行を逃してしまえば次の三十二分まで空しくホームに立っていなくてはならない。仕方がない。ならばこの客とゆっくり話し合おうではないか。

「お宅さんは何号棟ですか。何号室ですか」

実は合鍵などはない。それでも来客者の部屋番号をまず聞くことになっている。マニュアルにそう書いてある。

「見えるでしょ、あそこのほら三階のこっちから二番目のあの部屋なのよ」

都営住宅の業務を委託されている東京都住宅供給公社に田村信一はこの春入社した。身分は嘱託社員。

「入居手続きの時に説明したと思いますが、お部屋の入口の鍵は入居する時に三本すべてそちらにお貸ししてあって、こちらの事務所には一本も残していないのですよ。だから合鍵はないんですよ」

入居者は下見や提出書類等の手続きを終えて入居許可日になったら、当該の営業所か管理人事務所で鍵の貸与を受ける。

「本当。そうだったかしら、そんな昔の事忘れてたわよ。だって二十年前よ、私達がここに来たのは。どうしようかしら。あと一時間、どっかであの子の帰るのを待たなくちゃね。困ったな」

「ちょっとお待ち下さいね、えーと、あそこの三階ね、というとお宅は伊藤さんですね。ご主人とお住まいになってるんですよね。お子さんは書いてありませんが」

息子が住んでいることにはなっていない。居住者管理カードで見る限りこの中年女性は夫と二人で住んでいることになっている。

「あら、いるわよ。息子は中学生よ、ここで生まれたのよ」

ということなら世帯員変更届の未提出ではないか。十五年間も忘れていたということか。

「それじゃご主人と三人ということですね」

さして難しい手続きではない。

「いいえ、主人とは去年の秋別れたのよ。全部届けてあるわよ」

つまり役所の住民課に届けたと言っているのだ。しかしここは東京都住宅局からの委託業務なのだ。それはそれ、これはこれである。住宅局に対してもいちいち届けることになっているのにそれを理解していないのだ。

「それじゃ説明しますよ。この用紙がご主人から奥様に名義が変更になった継承の手続きで、こっちの小さいほうが息子さんが生まれたことやご主人が出ていかれたことを届ける世帯員変更届です。ここの名義人番号はこちらで記入しますから、住所氏名とここを保証人さんに書いてもらって印鑑証明書と収入が証明出来る書類をもらってきて下さいね。ほらこの説明書に書いてあるでしょ。これを行なって下さいね」

女性はまだ理解できないらしい。いろいろ質問してくる。長い説明が始まる。三十二分の次の五時四十分の準急ということでも仕方がない。帰宅がずれれば風呂も夕飯も遅くなるわけだ。七時からのジャイアンツ戦が始まってしまう。まあいいか、しようがないと田村は自分を納得させる。

「難しいのね、都営はどうしてこんないろいろ書いたり、出したりしなくちゃならないの。公団に入っている人知ってるけど、もっと少ないわよ、書類出すの」

賃貸住宅と分譲住宅の違いも説明する。それが田村の仕事である。

マニュアルに書いてある。『都民に対するちょっとした気配りを忘れ、居住者の方や来訪者に不愉快な思いを与えてはいけません』と接遇マニュアルのプロローグメッセージに本当に書いてあるのだ。『接遇の悪さに起因する都民とのトラブルは公社から払拭しなければなりません』と、続いて、さらに〝明るい窓口推進運動〟を開始したから全員で原点に立ち返って考え『真心のこもった親切な対応が欠かせません』と締めくくられているのだ、マニュアルのなかで。

田村は誠実で前向きで心の優しい人間なのだ。

ふと気がつくと時計はすでに五時四十五分をさしていた。準急ものがしてしまった。

まあ、いいか。そろそろ息子さんも帰って来る時間だし……。

田村はもうしばらくこの女性につき合う覚悟を決めた。

翌朝さっそく先輩の井上に前日の報告をする。二人しかいない同僚だが一緒に揃って勤務できる日は少ない。本社や営業所への書類持参、社員研修会、健康診断等々の業務を交替で行なう。月十八日勤務である。土、日と毎水曜、金曜は調節休日で埋まってしまう。有給休暇や忌引なども時にはある。月十数日の二人勤務日をさらに公用外出等で分け合ってしまえば、終日二人体制で勤務できる日は週に二日ほどしかない。久し振りに二人揃って一日中仕事が出来る。

「……だから、張り込みのために、二日間この号室を使いたいと言うんですよ。空室だから電気もガスも止まってますよ。そんな夜中に張り込むのが刑事の仕事でしょうが、なかなか大変なことだと思いますよ」

大学図書館で定年まで勤め上げたという井上は六十二歳である。公社から月二十四万円ほどの賃金が支給されている。月十八日勤務にしては上々の報酬だと思う。しかし給料に応じて年金支給額がカットされてしまうので、丸々手元に入る計算にはならないと言っていた。

「私が去年一年間ここで勤めた間にはこんな事はなかったね。一度火事が出て消防が来たことはあったけど、警察の大立ち回りは初めてだよ。見ものだね」

来週水曜日から金曜まで正味二日半。五月の半ばでも夜は冷えることもある。二つの空部屋に四名、そして公園に通じる植え込みや道の角に三名、さらには車に五名が待機する予定だと言っていた。

覚醒剤を大量に持ってやって来るイラン人達と、ドルと円をこれも大量に持って来るドミニカ人やペルー人。住民自治会が強力なため、以前は違法駐車なども警察の手を借りず自分達で防止していたこともあるし、《家賃値上げ反対》で赤ハチマキ姿で大集団を作り都庁に押しかけた武勇伝もある。そんな団地は一種の治外法権地帯でもある。第三国人同士の麻薬の取引には最適の場所として白羽の矢が立ったのだろうが、そこは世界に聞こえた警視庁。ガセネタではないと刑事さんは胸を張っている。

一生のうちこんなことに出合う機会はない。ぜひとも立ち合ってみたいと、密かに胸躍らせる田村である。

## （二）名義人番号

「お早う。小人《しょうじん》さんは閑居《かんきょ》しているのかな」

と言いながら入って来たのは家賃収納係の川上である。嘱託入社以来六年目のベテラン集金人である。各大型団地に付設されている管理人事務所をベースに営業所管内をところ狭しと自家用車〈カムリ〉を駆って集金しまくっている猛者である。

「大人《たいじん》はいいですね。今日も明るく元気で。弁当が美味しいでしょ。五月の風もさわやかですし」

来る早々、何はさておき、トイレに駆け込んでいく。出てくると田村の出した茶を一口飲んで受話器を上げる。

「どうだい、大分慣れたようだね。一日座ってるのが長いからね。それをどうやり過ごしていけるかが、ここの人の大変なとこなんだよ。あーモシモシ私、川上ですよ。今、事務所へ来てるんだけど、約束の件大丈夫なの」

『小人閑居《しょうじんかんきょ》して不善《ふぜん》をなす』だ、時間は有効に使いなさい」が口グセなので田村達からは大人《たいじん》と呼ばれている。なんでも大手の食品会社での現役時代は営業部長だったとかで、口から先に生まれてきたような男だ。

「今ね、ここに四号棟の津島さんというおばあさんが俺を訪ねて来るから、川上さんはすぐ帰るからと言って待たせといてね。俺、いまちょっと一件、先に集金してきちゃうから」

全都で五指に入るという集金実績を誇るだけあって、動きに無駄のない六十五歳である。老人などとはとても言えない精力的な男だ。

この団地はバス通りに面した一号棟から小川の岸の一〇号棟までが一列に並んでいる。

一一号棟は又バス通りに面していて、この列も二〇号棟まで続いている。バス停から川の橋を通って都心方向に大通りが突き抜けている。これが団地内のメインストリートである。この通りを挟んで反対側にも二十棟並んでいるので合計四十棟の中層アパートが田村の守備範囲だ。

中層アパートとは五階建てまでを言い、エレベーターは設置されていない。築三十五年とかで、側面の外壁には無数の亀裂が走っているという、おんぼろアパートである。

一棟は五十戸。各棟ごとに棟代表者がいて、その集合が自治会を構成している。専従事務員を抱え、電話も引いた自治会事務所を持って、大部分の居住者を組織している。それぞれの階は外廊下でつながっていて、各階に階代表という班長的な下部役員を置き、ゴミ出しから違法駐車まで、きめ細かく自治を敷いている。

ここのような大規模集合住宅から、管理人事務所などなく一棟とか二棟で点在している小アパートまで、合わせて一万世帯をエリアに持つ川上は、車で家賃集金に走り回っているのだ。

歩合制とかで四十万、五十万の月給だと豪語している。

「アイスクリーム、冷蔵庫に入れとくからあとで食べて。俺も時間があったら食うけど、今日はとくに忙しいからね」

羽振りはいい。押し出しもいい。背広も見れば違いがわかる。働き者のベテラン嘱託社員は颪のように来て、去っていった。

「あんなにモーレツ集金して刺されなければいいけどね」

井上がつぶやく。

入社して一週間の新入社員研修が本社大会議室で行なわれた。その時実務研修中の雑談として先輩の講師役から聞いた話である。家賃の支払いが滞った居住者を提訴して退去させたところ、そこの住人が暴力団関係者だったらしく、管理人事務所へ刃物を持って押しかけて来たという話である。逆恨みであるが話のわかる相手ではない。説得するのに大変だったとのこと。集金人はさらに危険な仕事のようだ。

「二人居る時は何もなくて、一人勤務の時にいろいろとある。皮肉だよ、去年の火事さわぎも私一人の時だったよ」

井上が教えてくれる。何はさておきまず営業所に一報入れるのだそうだ。指示を待ち、行動しなくてはいけない、ということである。

四月一日付で入社し、ようやく二カ月が終わる田村。この先五年間の任期中にはどんな事件が、喜びが、悲しみが、苦労が待ち構えていることだろう。

田村は三月に職業訓練校を卒業している。不況の真っただ中の春先に、五十六歳の男に仕事があるとは思えなかった。

あの時三十年も勤続した電子部品会社をやめなければ、こんな事にはならなかったのに、と後悔したとて事態が変わるわけでもない。

重い部品を持ち上げようとして腰がギクッと痛んだ。治療を続けても一向に駄目だった。薄利多売のパーツ屋だから次々に荷動きは多くなる。死にたいと思ったこともある。期末売上高を確保したい営業マンが翌月の売上を繰り上げて月末に荷を入れる。実績数字はとりあえず達成しなければ営業社員は社長に怒鳴られる。

そんな形の上での実績作りのしわ寄せは商品管理係にくる。真夜中になっても、中庭に積み上げられた荷は社屋の中に入り切らない。伝票やら部品特性表と首っ引きで検査と検数を行なう。パソコンに打ち込む。小さな商品棚に工夫して運び入れる。徹夜で運び終わった時、ビルの上に出てきた朝日を見ながら退職を考えた。体のためにはこの会社をやめるしかないと決心したのだ。

その後せっかく一年間も職業訓練校で学んで身につけた工作機械の知識も技能も、それを生かす職業はなかった。それでも大不況の中ではこの都営住宅の仕事にありつけたことは幸運なのだ。失業者は巷に溢れている。

「朝早くからすみません。二カ月前に入居して来たものですが、少々お願いがあるのですが」

「はい、おはようございます。どんな御用件でしょう」

素早く立って来客の前に行き、挨拶をする。新入社員なので井上の見ている時は立居振舞いひとつにもミスのないよう心掛けている。教わった通りに行なう。

新入社員研修会では交互に来客と受付役とになって、の女性客は、マニュアルにある『職場にお客様がみえたら、さわやかな挨拶と笑顔で対応しましょう』という田村の文面通りの最上級の挨拶以上に腰を曲げ深々と頭を下げる。つられて田村は二度目の礼を行なう。

「実は、ここに書いてきましたので、どうかお読みになっていただきたいのですが」

七十代前半にみえる品のいい女性は白封筒を出してきた。これはめんどうな話かもしれないと直感した田村は、受け取って住所氏名を確認する。

「それではじっくり読んでおきます。わざわざどうも」

「失礼しました」と帰りかけたその背に、「どうもどうも」と声をかけたところで相手は外へ出ていった。

「家賃の件じゃないみたいですね。入居したばかりの人ですよ、何か難しい話みたいですね」

「一人で解決してみなさい。そういうのを扱うとだんだんベテランになれるから」

案の定、長々とめんどうそうな問題が書かれている。

先ずは、こちらに転居して、明日で丁度二カ月になりますが、その間、種々お世話になりまして、有難うございました。

と前書きが達筆でペン書きしてある。そして、

少しずつ、落ち着きを取り戻しております。

と結んでいよいよ本文である。

唯、一つ、大通りに直面している為、交通雑音と排気ガスに今、困っています。ある程度の被害は予想し、覚悟して転居して来たのですが、実際に生活をしてみると、予想を遥かに上まわるものがあります。深夜、早朝、時を分かたず大型トラック、コンクリートミキサーカー、バス、オートバイの交通ラッシュです。

と現状の苦境を描写している。その上でどうしてこんなことになってしまったのかと続けている。

周囲の方のお話によると最近私鉄とＪＲが三キロ程先で高架線にしたそうです。まだ二カ月となってはいませんが、そして、今までの「踏切」を撤去して以来、この様な交通事態になったということです。大通りに、直面した棟に住んでおられる方々の多くが、私を含めて安眠を妨害されて耐えておられると察せられます。

とまるで住民代表にでもなったかのように多数意見だと、何とかしてほしいと書きつのっている。

折角縁あって、こちらに住み続ける以上、快適な環境で健康な生活をしたいとおもいます。根本的な防衛手段は都知事の言う、「ディーゼル車の廃止」「トラックの都内進入の拒否」等、今すぐ出来るとも思えません。車の動力を電気に切り替えることが一番ですが、まだまだ時間がかかります。

自分の現状改善を自治体や国の政策を引き合いに出して実現させようとしているのだろうとは思うが、どうも文章に無理がある。

私に考えられる、せめてもの防衛手段は、「防音サッシ」の設置です。ベランダと居室の境の現在のガラス戸を「防音サッシ」に取替えて戴けないでしょうか。

というところまで読んでやっと真意が理解出来た。

つまり無料で防音工事をして欲しいということなのだ。個人負担でなければ出来ないこととになっているのに、国政やら知事公約などを持ち出してこじつければ何とかなるとでも思っているのか。とんだ間違いである。こちらは何も権限のない一嘱託社員でしかないのだ。

信号待ちの数珠繋ぎの車体が発進する時に出す「ふかし」の音も聞こえなくなったら、どんなに静かな一日になることでしょう。財政困窮な現状に、申し訳なく思いますが、私達の健康の為、敢えて御願い申します。

とかなり強引に実現を押しつけてきている。

「まずね、営業所の工務係長に話してみなさいよ。何か方法を教えてくれると思いますよ。石山係長には去年秋に自転車置き場の改良の件でいろいろと面倒を見てもらっているんだよ」

井上は一年古いだけあって場数を踏んでいる。アドバイスを受けながら田村は解決に向けて行動を起こした。

「コピーをして持っていって相談してみますよ」

「必ず名義人番号を書かなくてはだめだよ。号棟とか名前などより名義人番号で探しますからね」

「コンピューターで見てもらえるんならほかの情報も出してもらってくればいい。滞納や許可決定の最近のを見てこれるじゃないですか。欲しいのがあればプリントアウトしてくればいいいよ」

八桁の数字で示される名義人番号。二十五万世帯といわれる都営住宅入居者のすべてがこの背番号で管理されている。

都庁とオンライン化された営業所や本社のコンピューターを叩けば一発で世帯員の情報が画面に表示される。本籍地だろうと生年月日だろうと、離婚して夫や妻が出ていってしまったとかまでデータ化されている。

名義人番号は都営住宅事務のベースなのだ。どんな申請にも届けにも必ずこれを記入しなくてはいけない。そしてこの八桁の番号さえあれば何でもわかるのだ。田村は入社時の研修で、そう教わってきた。

「送付出来る書類はみんな鑑《かがみ》をつけて持っていってしまいましょう。ついでだから」

「初めてのもあると思うから、教えますから全部ひととおりやってみなさい。もう二カ月になるし、大分覚えてきたみたいだよ、もうすぐ教えることはなくなっちゃうね」

明日は月末、田村は二度目の月末処理をできるだけ一人でやってみようと思っている。そして三カ月が終わったら本当に一人立ちできるようにと意気込んでもいる。

手引書も読んだ。実務も手取り足取り教わった。五十六歳の再出発はこのわずか十坪足らずの都営住宅管理人事務所でいよいよ本格的に進み出したのだ。田村信一のまだまだ先のある人生、どう発展していくのやら。

## (三) 住宅使用料減免制度

「ミツヨがね……。ミツヨがね……」と言われても何のことかわからない。女の子はしゃくり上げてミツヨ、ミツヨと泣いている。

「お母さんと一緒じゃないの？　何のこと。ミツヨって誰なの」

田村はカウンターから身を乗り出して聞く。三歳くらいの女の子がそこに蹲《うずくま》って泣きじゃくっている。

朝九時五分前、前夜提示して帰った正面入り口ドアーの終業看板を取り外してブラインドを引き下げている時に走り込んで来たのだ。

「ごめんなさい。こんなに早くから申しわけありません」

こんどは母親と覚しき若い女性が入ってきた。

いい女である。二十代後半か、田村の視線が女の腰に胸に行ったり来たり。

「お早うございます。もう始めていますよ。何の用件ですか」

女性は「ミツヨ、ミツヨ」と言って泣いていた幼女を引き起こして抱き上げながら即答はしない。ひとしきり子供をあやし続けている。

「いいかしら、こんな御相談で。実は……」

実は子供が可愛がっていたウサギが二日前から行方不明になってしまった、と話しはじめた。

「それで、お客様は何号棟ですか。お部屋の番号は」

名義人番号を聞かないのは、ほとんどの住民が自分の番号など覚えていないからである。一五号棟の一〇三号室とわかればよいのだ。全棟の全居住者の情報が一覧表になっている管理カードを見れば済むことである。

「ほらこのポスター、ここにも書いてあるようにペットは禁止なんですがね。まあいいでしょう。聞かなかったことにしておきましょう」

一五棟の一〇三号室というのは一五号棟の右から三番目の家である。二十八歳の主婦と三歳の長女が居住している。亭主は二年前に離婚して転出している。世帯員変更届が提出されたカードからその事情が読み取れる。

駅前大通りには縁日に屋台が出る。女の子はそこでミニウサギの子供を買って育てていた。かなり長期間に渡って屋内でのペット飼育を続けていたらしい。今ではウサギは充分に成長して丸々と肥えていたと話した。だから動作も機敏ではない。

そして母親が言うには、どうやらそのウサギは隣のおじさんに食べられてしまったらしいとのことなのだ。

「確かめてもいないわけですし、逃げてしまったということも考えられますし、もし見つかったら、もう外には出さないでくださいね。本来禁止されていることなので、今回は聞かなかったことにしておきますので……」

一階のベランダの前には地面がある。少々の空地と植え込みもある。女の子はそこでウサギを遊ばせていたが見失ってしまったとのことである。

「隣のおじさんが通ったあとにいなくなったのだと子供が言っている。多分持っていってしまったのだろう、つい先日も前の棟でこっそり飼っていたニワトリが消えている。それも食べられてしまったらしい」

母親の説明は噂を信じているような口ぶりである。

隣の一〇四号室に住んでいるのは四十三歳の男性である。その男が食べてしまったと言われても田村にはどうすることもできない相談である。

「証拠もなく、そんなことをここに言ってきても私としてはどうしてあげることもできません。それにいまどきウサギを料理する人なんていないと思いますよ」

本当はミツヨではなくミチオと言う名で、一歳で死んだ長男のことが忘れられず道夫と名付けたのに、幼女は舌足らずにミツヨ、ミツヨと呼んで可愛がっていたとのことである。

離婚して娘と二人で入居しているのだ。気の強そうな感じではあるが本当にいい女である。田村はついつい手助けをしたくなる。

「おじさん、ミツヨを見つけてちょうだいね」

「見回る時には特に気をつけて捜してあげるから。どんな色だか教えて、大きさも」

「おいそがしいんでしょ、本当に申しわけありませんね」

「まあいいでしょう。今度こそ外に出さず近所の迷惑にならないように注意してくださいね」

どうしてか一人勤務の日になると決まってこんな問題が起こるのである。雨の降りだしそうな六月の初旬。田村も休みたい気分だ。

「あの、これ、持ってきましたから」

芸術家風に髪を伸ばし、黒いズボンとセーター。降りだした雨の中からぬうっと出てきたような中年男がカウンターの前にいた。

小便をしてトイレから出てきたら、いつの間にか来客がいた。表戸を開けた音は聞こえなかった。

男は無言で中立書と住民票、そして前年度の非課税証明書を出した。

「収入がないのでしたら求職票を取って来ますか？　えっこれですか。今までこんなので提出していたのですか」

一五号棟の一〇四号室の四十三歳。管理カードを見ると、五年前妻が離婚して娘と出ていった記録が残っている。世帯員変更届が提出されている。以来一人暮し。そして家賃が無料になっている。住宅使用料減免を申請しているのだ。それを一年更新で続けていることが記録によってわかる。

男は今回も更新手続きに来たのだった。この手続き事務が最も多くて簡単なので、田村は一カ月もしないで取り扱えるようになっていた。こんなふざけた内容でも一応は受理しなくてはいけない。

申立書

私は平成五年一月末に、勤めていた編集企画会社を経営不振による人員整理で解雇されました。その後、出版業界での再就職を考えましたが、長引く不況による求人減と中高年に達した私の年齢により、再就職は極めて困難な状況でした。

そこで四年程前より、著述業を始めることにしました。調査研究に手間取り、現在まだ一冊目を著作中です。それがいつ収入になるか未だわかりませんが、一生懸命頑張っています。収入は会社解雇後、現在に至るまで全くありませんが、わずかに残っている貯金で、かろうじて生活しております。このような状況ですので住宅使用料の減免の程、何卒宜しく御願い申し上げます。

東京都知事殿

本来は高齢になり退職し、無収入になった人々に対する福祉の一環といった形での家賃無料制度を、こういう働き盛りの者が利用していることに対して田村は腹を立てていた。マニュアルによると、『定年退職後の収入は多くの場合、減収となるのが普通です。その減収を配慮して住宅使用料を全額免除し、あるいは月額千円から一万五千円までの額に軽減するのが減免制度です』とあるが、その実態は今回のような居住者に利用されているという事実だ。

これといった来客もなく、朝から昼休みをはさんで六時間近くもの孤独な時間を過ごした後で、やっと来た本日二人目の仕事である。田村は音もなく過ぎてゆく時の流れの中で、持参した文庫本を完全に読了してしまっていた。ふっと我に返った時の来客である。張り切って対応したものの、あまりの内容に腹が立ってきた。しかし一応は申請の形式が整っている。台帳で見る限り、毎回この方法で申請し家賃を免除されてきている。

「わかりました。受理します。どうも御苦労さまでした」

『どうもの一言で代用していませんか。恥ずかしがらずに、ありがとうございましたと言う感謝の気持ちを相手にきちんと伝えたいものです』

と、「明るい窓口」というタイトルが大書された接遇マニュアルを開くと書いてある。初任者研修でも、みっちりと教え込まれた。しかし田村は「ありがとうございました」の一言がまだ恥ずかしくて言えない。その代わりに考えたのが「御苦労さまでした」という答え方である。

客はそれなりに苦労はしているのだ。こんな数年前に作ってコピーしては繰り返し使っている労働したくない言い訳文でも、ここまで持参して来たことに対しては感謝しなくてはいけない。受理事務があるからこそ田村がその担当者として採用されたのだ。職にありつけたのである。この都営住宅の住民こそ田村の月給の源なのだ。

田村は読書が好きだった。小学生の頃からである。中学生になった時には少年少女文学全集よりも文藝春秋のほうを読むほどになっていた。そこに発表された『太陽の季節』という小説を十五の時に読んで心を打たれたこともあった。文章を本業とする人々に対してはずうっと尊敬の念を持ってきた。

作家、著述業などとして成功するには大変な努力と才能が必要だろうと考えていた。申立書によれば数年間一冊の作品すら書けていないらしい。進行中だからもう少し待ってくれと言うのか。こうやって金になるまで家賃免除を申請していくつもりなのだろう。いずれ立派な文章家として大成した暁には、はたしてこの人は家賃を払うのだろうか。いや、きっと都営住宅を出て大邸宅を構えるだろう。そして多額の印税を手にして、夜の銀座で名を知られる文豪として外国の酒などを飲みまくるのか。そんな日には、あの日自分が書いた申立書の文章などきれいさっぱり忘れ去ってしまっていることだろう。

田村は心の底から尊敬している作家の二、三人を頭に描いて、その和服姿と今しがた出て行った著述業の中年男の後ろ姿を重ねてみた。

どうしたことか、あの長髪の男が和服姿に完璧に似合っているではないか。思わず田村はドアを開けてその男の後を追おうとした。

ふと足元に白いものを見つけ立ち止まってしまった。そのまま化石になったように動かない田村。やはりミツヨを食ったのか。

そこには小さな白い二つのもの。一つは鳥の羽か、そしてもう一つは小動物の綿毛だろうか。確かにニワトリとウサギの毛だ。

梅雨の走りであろう、霧雨が煙っている先は夕暮れが始まっていて、もうあの一五号棟の一〇四号室の中年男の後ろ姿を完全に消してしまっている。夕刻の冷気が外に立ちつくす田村の全身をじんわりと包んでくる。夕闇の向こうに一五号棟の部屋の灯を見出そうと目をこらすが、一階の一〇三号室と一〇四号室だけは灯ひとつ見つけることができない。不思議と人通りもない。車の音すらしないのだ。

もう一度管理カードと台帳で確認してみるか。そう思いながらなぜか田村の足は一歩も動かない。五時が近づいている。

## (四)住宅交換と住宅変更

「トウモロコシは今アメリカのシカゴ市場で十年来の低水準を記録している。世界人口と穀物需要を考えたら、あなた、素人でもわかるでしょう。これが米国商務省統計局がインターネットで表示している世界人口が六十億人に迫ったと発表されたらどうなりますか。実は、その発表が今朝あったのですよ。素人でもわかりますよね。今十時半です、ほらもうこんなに値が上がっていますよ」

そう言って若い男は持参のパソコンを田村に見せた。だから今すぐ買い契約をしてくださいとたたみ込んできた。商品先物取引のすすめである。

「今日も小人《しょうじん》さん達はヒマを持て余してますね」

と言いながら川上が入って来たのが九時五十分。その川上が今日はヒマを持て余している らしく、三十分以上も無駄話を続けていた。その時入ってきたのが、今この田村の前にいるセールスマンである。

「新入社員です。実地研修を行なっています。ぜひここでひとつ練習をさせていただきたいと思います。よろしくお願いします」

きっと、四月から入社した会社で五月病になり退職して、今度こそと背水の陣で勤務したのが今の職場なのだろう。田村は自分の身に引き寄せて若いセールスマンの境遇を勝手に決めつけた。

「ええ、お話を五分間だけでも聞いていただけるだけでありがたいと思っています。ぜひ聞いていただければ私、社に戻って報告できますので」

そういうわけなのであろう。アポなしで飛び込んでみろ。何件話を聞いてもらえるかやってみろ。目標が達成出来なければ帰ってくるな、くらいのことは言われてきたのだろうと田村はまた勝手に同情してしまう。

「アメリカの農務省の調べによりますと、本年度の世界のトウモロコシ生産高は過去最高の六億トンを突破すると予想しています。一方で需要は、アジア地域の景気回復で、飼料需要も来年度から増加に転じる見込みだと言われています。それでですね、この需要のギャップによって期末在庫は一億トン台乗せの高水準になると予想されるんですよ。だから今日、すぐに百万円を投資しなさい」

と男は切り込んで来た。

今こそファンド筋の出方に大きな関心が寄せられているから、今日を逃したらみすみす大金を手にできるチャンスを見送ってしまう大バカ者になってしまう、とまくし立てられて田村は驚いたが、ぐっと立ち止まって考えた。

このままではヤバイと思った田村は反撃にでた。

「見れば君はまだ二十四、五歳ではないか。いいかい、世の中は人々の労働によってここまでになってきたんだよ。君はそうした取引で価値を生み出しているような話をしている。しかし、労働がなければ家も車も出来上がらないんだよ。君、剰余価値説って知ってるかい。今から教えてあげよう」

川上も井上も離れたところで見ているだけである。こんな来客に対応して、相手の営業の土俵に乗ってしまった田村のことを、あきれているのだろう。申請事務でも相談事務でもない。無用な来訪者であるセールスマンなどは、それを門前払いできなかった責任はすべて田村にある。

『お客様に注意していただきたい事項（日本商品先物取引協会からのお願い）』などとい

う紙片も入っているパンフレット袋を渡されても、読む間を与えず儲け話を展開してくる。この若さで、これほどの営業が出来るように仕立てた上司の腕に感心する。

「追い証に追いかけられてトンズラしたのを知ってるよ。俺の部下じゃなかったけどね。恐ろしいよ。一回は大儲けさせてくれるが、気がついた時には、女房子供も仕事も捨てて逃げる羽目になるから」

客に食らいついたら絶対に逃さない。スッカラカンにされてしまうよ、と後で川上は言った。

『取引の主体はお客様ご自身であり、取引の結果生じた損益はあなたに帰属します』から始まって、法に反しないようにすべてのことはその紙片で通知されたようになっているが、読ませずに売り込んでしまうのがセールスの腕である。

井上が見ている前で田村はこの二カ月の窓口接遇の成果をぜんぶ発揮しなければならない。川上も見ている。下手な仕事をすれば、どこで本社に知れるかわからない。川上はおしゃべりだから。

「労働者こそ社会の主人公ではないだろうか」と田村は静かに切り出した。

社会の矛盾はどこにあるのか。そんな資本家・投資家の犬のような事をする仕事に、どこに誇りがあるのか、価値があるのか。もっと社会の発展に役立つ仕事、庶民の幸せと平和が実現できるようにするために、社会を変えることに興味をもち生き甲斐にすべきだ、などというところまで話は延々と続いてしまう。田村の世の中への不平不満がいまここで一気に爆発したのだ。物静かに語りだした田村は、今では脚を広げ拳を振り上げ演説スタイルになってきた。

三十分近くも儲け話に誘ったサラリーマンに対して、「平等にいこう。君が三十分話したのだから、この先三十分はこちらの話を静聴しなくてはいけない。それもできないような男には、二度とこの団地内に立ち入らせないぞ」と田村は前置きしてある。

ミツヨの件では肝を冷やされたし、イラン人麻薬密売団一網打尽は結局空振りに終わってしまったし、防音サッシに関しても本社に出向いたり自治会長と相談したりと奔走したものの、何の成果もなかった。このところスカーッとしなくて不満が蓄積していたのだ。

「君はまだ若い。今日の態度もそれなりに立派だった。ここに来た証拠に受付印と私の認印を紙に捺してあげよう。君の上司から問い合わせがきたら、良い社員だと言ってやろう。いいかい、人生やり直す気があったら今日のことをよく考えてごらん」

などと言ってセールスマンを追い返したので少しは気が晴れた。

「そうそう、あんたが休んだ日にこんな手紙が来ていたよ」

十時休みは過ぎてしまったが、コーヒーで一服していると井上が引き出しから白い封筒を取り出した。

「またお手紙ですかあ。この前ので懲りたけど、何ですかねえ。難しいことは出来ませんよねえ、立場が弱いわけだから」

「いや、この方は大分喜んでたようですよ。田村さんによろしくって。大変お世話になりましたと言って菓子折りまで持って来たんですけど、昨日は休みだと言ったらまたいずれ改めてお礼にくるとか」

四二号棟・一〇四号室

大変お世話をかけております。

一昨日夜、娘よりファックス連絡がありまして、わざわざ電話連絡を戴いたとのこと、それも大変優しく、わかり易く説明をして戴いたそうで大いに感謝しております。若者達、既成権威に対しては反発の勇気を持ち頼もしい限りですが、反面年長者や権威ある人達からちょっとした優しい言葉でもかけられますと、非常に感激してしまうようです。若さの素晴らしさでしょうか、今回も異常なほどにありがたく感謝しておりました。

ありがとうございました。小生からも改めて御礼申し上げます。

小生このところ検査、検査の病院通いでお礼に伺うのが遅くなりましたが、お蔭様で肝炎のほうも普通のC型肝炎で、それも初期のため投薬で治療できる様子です。それと胃内に判明しました腫瘍も悪性ではなく、これも又、初期判明のため入院手術などはせず腫瘍拡大を抑えられるだろうとのことでした。が、いつ何時、腫瘍が破れて内臓から出血するかわからないという危険はある為、当分は四週間毎の定期通院検査を受けることとなりました。

ご心配をかけていますが、小生の体調結果は現在のところ、以上のような次第でご報告しておきます。

娘達夫婦との同居の件は、三人で改めて相談いたす所存です。尚、区役所の福祉課の方にボタンを押すだけで三カ所に緊急通知出来る携帯機器もあるとかの話も耳にしましたので、この件も至急、福祉課のほうにも連絡を取ってみます。

ありがとうございます。


たしかにこの通りのことはやった。しかしそれにはそれなりの過程があったからの結果である。特別に礼を言われることでもないのだが……。

この手紙の主は四二号棟に住んでいた。名の通った郷土史家ということである。その出版物も以前もらって現在読書中であった。

「初めてですよ。こんなに感謝されるのは。大抵は怨まれるか、良くても礼に来るくらいでしょう。わざわざ文書にして持ってきてくれるなんて、よっぽど嬉しかったんですね」

いま住んでいる部屋を出て、もっと広い都営住宅に替わりたいと相談に来たのは十日ほど前だった。その時も田村は一人だった。

『病気の後遺症で階段の昇降に困っています』そうゴチック文字でサブタイトルに書かれた住宅変更のページを開きながら考え考え対応したのだ。

マニュアルを見れば何とか答えられるだろうと考えていた。

『生活して行くうちには、時としていろいろな事情にみまわれます。やむを得ない事情により都合のよい都営住宅に替わりたいという気持ちは切実です。ところが、資格があって願出書を出しても、希望通りの住宅があっせんできるとは限りません。このニュアンスをどう伝えるかが大事です』

との前書きでも言われているようになかなか骨の折れる対応が待っているのだ。田村は新入社員研修には、まるで何のことかわからず講義中に居眠りをしていた。井上は一年間のキャリアがあるので何件もこの問題を手掛けている。

「資格のチェックを最初に行なうんですが、まずカードを見て、入居一年経過していなければそれは駄目ですよ。あとはそのマニュアルのように、いくつかの理由があれば話になるのですがね。いまは希望者が多くて、都の住宅局のほうの審査がおくれているらしいから、お客さんには早くても三カ月以上、下手すると半年以上も掛かると言っといたほうがいいよ」

しかし今度の客は一階に居住しているのだ、それも一人で住んでいるのだ。管理カードで見ると妻とは別れて子供二人は成人して出てしまっているのだ。それなのに、書斎として手狭になったので病気を理由に広い所へ移ろうという話なのである。

聞いてみれば病状も大変だし、執筆活動を続けるには子供の家族と同居し面倒をみてもらわなければ無理だということも判った。

「勤務先変更」「使用料負担過多」「長期疾病」「世帯員の増加」以下にもいくつかの資格のある変更理由のどれにも当てはまらない。というのはいま子供達二人はそれぞれ応募して近くの都営住宅に入居している。いずれも狭さを嫌って出ていったのであるが、その狭いという理由にしても、子が同居していた当時でさえ、有資格となる一人あたりの畳数が一・八畳以下には達していない。

マニュアルによれば具体的な手続きの前に、申請する資格があるかをチェックしなさいとなっている。資格はない。とはいえ同情をさそう身の上話を聞いてしまった以上は駄目だ駄目だ、とマニュアル通りに追い返してしまうには忍びない。

田村は機械工だったこともある。工員歴は長い。油と汗の中で青春を過ごしてきた。体力もある。鉄をかついで三十年、胴長で短足。ギックリ腰になるまでは工場一の力持ちだったのだ。ドアが開かなくなったなどという相談がくればバールを引っさげて飛んでいく。前の前の工場から無断で持ってきたラジオペンチや電工ドライバーなども揃えている。応急手当てではあるが、開閉不良がとりあえず直ったりすると缶コーヒーや塩せんべい等をお礼にもらうこともあった。

「このあいだの通達を見たかい。ワイロを取ってはイカンと書いてあるけど。暑い時、ジュースの冷えたのを出されりゃ飲んじまうのが人情だよ、俺だってそうしてるもんな。こんなのワイロには入らんだろう」

「それじゃ、塩せんべい出しますから、お茶も淹れますよ。時間があったら食べてくださいよ。もらい物が冷蔵庫にありますよ」

などと川上大人《たいじん》と笑い合ったこともたびたびである。茶菓子には事欠かないのが管理人事務所である。

人が好いと言われたり軽いと言われたりもしたが田村は気にしていない。気軽に手助けしてしまう性格である。

いろいろと奔走した。今回もまた走り回ったのである。結果としてこの手紙を受け取ったことになる。

住宅交換という手だってある。何とか更に役に立ってあげたいと思う田村だった。

## （五）住宅変換（単身死亡）

秋が来た。田村が入社してもうすぐ半年になる。今では大半の事務処理を理解し正確に素早くできるまでになっていた。表題や内容に即した説明等を記入した鑑《かがみ》と呼ばれている表紙を付けて、都庁の住宅局まで送付する作業まで一貫して一人で行なえるようになった。

「お願いします。父の部屋を見てきてもらえないでしょうか」

という電話にピーンときた。娘からだという。病身で寝たきりになっている老人を都営住宅に一人住まいさせているという。ここ二日間電話に出ない。心配だが仕事の忙しい自分はそこまで行くことが出来ない。夫は出張中だ、管理人さん、私の代わりに父の部屋に行って病状を見てきてくださいな。とはまあ何と虫のいい言い訳なのだと、受話器を置いて管理カードを引き出して見る。

声の様子ではさほど緊迫感は感じられない。これはきっと虫のいい願い事だとピーンとくるのだ。ベテランになると、おんぶにだっこで、何でも東京都にやってもらおうという根性の住民が多く住んでいることがやっとわかり出したのだ。

〝明るい窓口〟〝正しい対応〟ではある。何事もよくうけたまわる。聞くことはする。できる事とできない事を判断し、ホイホイと請け負わずに慎重に返答する。言葉を選ぶ。失敗すれば自身にふりかかってくるのだ、責任が。

都民の立場や生活感覚に添って、都民の住まいに対する切実な要望を実現するという気持ちで、仕事に立ち向かうことが必要だ、とマニュアルに書いてある。初心は大切だ。田村はこのマニュアルに添った初心を長く持ち続けたいとは思っている。

「何だ、またか、嫌な電話をとったなあ」と思うことから、お客さまの状況に対する共感の欠如があり、それは不信感をもたれる要因となるのだとマニュアルに書いてあるので、田村はピーンときても口には出さない。

「申しわけありませんが、鍵はこちらにはありません。行って外から声を掛けることしかできません。まずそれをやってみましょう」

心の扉を開かせることが大切だと書いてある。『まず話を聞く姿勢を示し、お客さまの心の問題に眼をむけさせましょう』とあるマニュアルの文章を利用してみよう。

「それでどうなんですか。お医者さんには行っているんですか。最近はどんな様子でしたか」

娘の話の内容からすると、父親の病状はさほど重くないとみてよいだろう。父親は最近食事も摂らずに寝てばかりいるが、娘が注意しても聞く耳持たずに医者には行っていないとのことである。

まだ五十五歳の男性である。管理カードによればこれまた離婚して子供も家を出ているのだ。だからと言って必ずしも性格がおかしいと思ってはいけない。人には皆それぞれ深い事情があるのだ。悲しい人生があったかもしれない。

「見てきていただけますか。本当にすみませんね。私達が近くに住んでいないもんですから、お世話かけてしまって」

どうやら病状は入院とかの段階ではないようだ。食事も満足に摂らず酒ばかり飲んでいる。きっと体をこわしてしまったのだろうということである。

まず電話を入れるがやはり返事がない。ならばと田村はサンダルのまま走り出した。大声で呼んでも、ドンドン扉を叩いても室内は静まり返っている。新聞受け箱の外ぶたを押して中を覗く。酒気が強い。こんな小さな穴からでさえ強烈なアルコール臭が漏れてくるのだ。大酒を飲んで寝込んでしまったのだろうか。かすかにいびきも聞こえてくる。

再度事務所に戻ってから電話を入れる。コールを長く続ける。気づいたのだろう、やっと受話器を取ったのでコール音が止まる。話が通じないほど酔っているのだろうか。アーとかウーとか、二言三言声がするが、また再び受話器がおろされた。

「今行ってきましたよ。返事がありませんね。かなり大声で私が呼んでも扉をガンガンやっても駄目でしたよ」

「そうでしょう。電話をしても全然出なかったので、お願いしてるわけですから。鍵も閉まってましたか」

「開かないですね、でも、今電話したら起きましたよ。長いこと鳴らさないと聞こえないんですよ。だってすごく酔ってるんですから、階段のところまで酒臭いんですよ。それに電話に出ても何言ってんだかさっぱり言葉になってないんですから」

娘は自分のほうからすぐ電話してみると言ってくれた。

「親子なのだから心配だったら、夜にでも訪ねて来てください。酒ばかりでは本当に病気になってしまいますよ。何とかしてやってください。あなたも元はこの団地で生まれて住んでいたのでしょう、親を放置しては困りますよ」と諭《さと》して電話を切る。

田村は本当に困っているのだ。都営住宅で生まれ、成長した子供達はやがて結婚して世帯を持つ。そして親を残して出ていってしまう。

いまこの団地の中には、そんな老人が大勢住んでいるのだ。半数近くの家が現在老人世帯か、やがて子供が出ていってしまいそうな年代に達した世帯なのである。

同居している子供が働いて収入が増えると親は楽になる。しかし世帯収入が増加するということは、応能家賃制度なので部屋代が高くなることにつながる。それだけならまだいい、払えばいいわけだから収入に見合った家賃を通告されても別に困らない。ところがである。息子の年収が五百万円にもなると高額所得者として割り増し家賃が科せられてくるし、さらに高収入になれば退去を迫られるのだ。

都営住宅はもともとが引揚者住宅から出発したのであって福祉の一環として都の政策で行なっているのだ。母子家庭等で今だって生活苦の中にいる庶民は多い。そのための都営住宅である。高給取りにはランクの上の高級団地やら分譲住宅への住み替えを迫るのだ。住宅供給公社では分譲住宅を作りそれを売っている。そちらが公社の商売として本業なのだ。だから家を買ってもらいたいのだ。

そこで都営住宅の住人は考えた。高給取りの息子さえ居なくなればそれでいいのだ。結婚してもしなくても子供は次々と団地を飛び出していってしまった。

そして親はさらに年をとり定年退職となる。住宅使用料減免の申請書をくださいと言って次々に中高年者が事務所にやってくる。ここ数年一気に増加したと井上は言う。それは記録を見ればわかる。数年前の申請数よりも去年は格段の増加である。今年は半年も経過しないのにすでに去年の半数を大きく突破している。

「年金あり。家賃なし」の生活をしている高齢者ばかりが増加していく。いずれ家賃収入はなくなり集金業務の職員はいらなくなってしまうだろう。

老人世帯は、水道が止まらない、便所がどうした、風呂場がこうしたと、次々に事務所に電話をしてくるに違いない。冬になったら走り回らなければと田村は覚悟をしている。これまでこんなにのんびりできたのだから、その埋め合わせのつもりに思っている。

まだ五十五歳だというのに子供に見捨てられてしまって酒に溺れる男。田村は一度正気の時に訪ねてみようと思うのだった。

もしも死亡したりしていたら、〝独居中の単身死亡〟一件として住宅返還手続きを行なわなければいけない。この件は幸いというか田村はまだ未経験だ。

『家庭内の事情で一人暮らしであった住宅使用者が亡くなった場合には、通常の住宅返還の手続きとは違った難しさがあります』とマニュアルに書いてある。

『代理で返還する届出人が、住宅の事情を知っているとは限らないからです』通報者・連絡者からの情報を聞き管理カードとの確認をする。いつ、どこで亡くなったのか、代理で返還するものは誰か、住宅内の様子はどうか、などいろいろと聞きなさいと書いてあるから、読んで覚えれば良いのだ。

しかし、先程のように田村が子供の依頼で見に行き、そこで死体を発見したらどうすればいいのか。腰を抜かしてウロウロしなさいなどとは書いてない。

井上のさらに前任者がそんな現場を体験したそうだ。その後の手続きも大変だったと聞いているが、具体的なことはまだ何ひとつ田村にはわからない。

独居人の部屋が増えている。このあと田村がこのケースに次々と出合い、大変な苦労をさせられることになるのは、二年目そして三年目のことである。

## （六）入居にともなう事務手続き

自治会長が事務所に来た。井上は奥の部屋へ招き入れる。田村は茶を出す。さすがに二千世帯の代表者である。堂々としている。

「先日、住宅局に行って違法駐車の件で話してきましたので、報告に来たのですがね、副会長と行き、写真を見せて来ましたよ」

自治会長は声も大きい。話の内容が田村のいるほうまで聞こえてくる。

団地内には駐車場がない。そのために路上の違法駐車が多い。一時は夜間六百台もの車がギッシリと置かれていたこともあったそうだ。団地外からも絶好の夜間置き場と目をつけられていたのだ。「違法駐車撲滅」の一大キャンペーンを行ない、田村が来てからは十台と見かけない。それでも夜間ともなれば百台ほどは駐車しているとのことである。

「この車の持ち主は半年前に入居して来た者で、中国語しか話せないので苦労しましたわ。なぜ駐車が悪いのか全然わかっていないし、説明しようとしても、これまた言葉が通じない」

それで自治会で作成したステッカーを貼るとすぐはがす。また貼るとはがす。とうとう自治会室に投石され、入口ドアのガラスが割れてしまったそうだ。

「それはご苦労さまでした。私のほうでも一応のお話をうかがったことを上へ報告しておきますよ。むずかしいですねえ、車の問題は」

車に関しては事務所ではとても扱いかねる大問題である。何十年も前に建てられた都営住宅は現在のような車社会を想定していない。それで車の置き場に困ってしまうのだ。

捨てられていた古い車のうちの五台は結局は持ち主が判らず住宅公社の費用で処理してもらうことになったと喜んでいる。

「よかったですよ、自治会には資金がないもので本当に困っていたんですよ。一台処分するのだってかなりかかるから」

車社会の首都東京にあって、取り残されてしまったような都営住宅の住民自治会の悩み。井上と田村はせめてその苦情の聞き役になるくらいしかできない。それでも自治会長は満足そうである。

「来月はどのくらい入居しますかね。大分出てった人が多くなって自治会費の入りが少なくなってきましてね」

会費で運営する自治会としては財政赤字で、早く空室に入居者が来てもらいたいというわけである。

「こんどは多いですよ、四十件以上ありますから。ようく宣伝しておきますよ。八割くらいは入会するでしょう」

事務所でも自治会の入会案内を新入居者に手渡して、何かと便利だからと必ず宣伝している。そのことに対しては自治会長は大いに喜んで帰っていった。

入居にともなう事務手続きは多い。まず公募する。募集センターというところの主導で事は進む。そこから公募ビラやら申込書が送られてくる。東京都の広報や一般マスコミで発表されるため、都民の関心は高い。来所した人には説明をして申込書を渡す。

田村は初めの頃は上手に説明できなかった。募集要項を読んでも他人に細かく説明できるほど理解していないのだ。職員向けの内部通達で説明の手ほどきが送られてくる。それでもなかなかわからない。

申し込んで当選した人が下見にやってくる。鍵台帳に記入押印を求めて鍵を一本貸し出す。貸し出しは原則として当日限りとする。その時、入居者の持参したあっせん通知書に受付印をスタンプして預る、と手引書にある通りに実行するのだが、そこはケースバイケースで二日に渡って鍵を持っていってしまう人もあれば、三度に渡って下見を行なう人もある。原則一回と教わっているが、それはそれとして実地ではその通りにはいかない。井上も柔軟に対応しなさいねと言ってくれている。

下見が終わった入居予定者には鍵を返還してもらう。受付印のあっせん通知書を交換で返す。下見の際に修理を要する箇所があれば、申し出るよう説明することになっているが、短時間の下見ではなかなか不備は発見できない。ドアが開かないなどはっきりわかることは申し出てもらえば入居時までには手配して直しておく。修繕依頼書というA４判の書類に具体的な文章を記入して、工務係へファックスで連絡するのだ。この書類は一日平均二通、月にして四十通くらいは作成するので、もう文章作りもすっかり上達している。

鍵渡日が入居許可日の数日前に設定され通達で送られてくる。その日来所した入居者は入居許可書を持参している。これを確認したらまた鍵台帳に記入押印を求めて玄関ドアの鍵を三本渡す。この時スペアキーはないことを説明する。

入居届の提出を確認する、と手引書には書いてある。『都営住宅に入居後（引っ越してから）三十日以内に入居届を出す事になっています』と手引書は大変親切に書いてあるので、田村はいつも事務机の上の透明カバーの下に表向きにして敷いている。何でもここに敷く。自分流に事務処理の早見表等も考案してここに敷くのだ。これで覚える苦労から多少は解放される。

近所にある公共機関の連絡先一覧表とか団地内地図やデパート等への道案内等々を作って小冊子として渡すことも考え実行している。

入居届は翌月二十日締切までに集約し、鑑を付けて綴って営業所経由で東京都住宅局へ送付する。

この一連の流れに沿って送られてきたり入居者より受理したりする書類や通達は、控えのないものはコピーを取り、順序良く整理し、ファイル保存をしなければいけない。データのコンピューターへの打ち込みも行なう。このように新入居者の件だけでもいろいろ覚えることが多い。

## (七) 十坪のるつぼ

冬空が高い。晴れ渡ったその先に富士が見える。朝の冷気の中で一心に枯葉を集める。田村は正月を迎える準備を始めた。

汗を拭ったついでに腰を伸ばす。大きく深呼吸して富士をながめる。今日はことのほかよく見渡せる。近くには富士見町などという町名もある。小高い台地にある都営住宅のこからも棟舎の間を通して小さく遠くの丹沢の山並みの上にクッキリと見えている。

ふり向くとそこにある事務所も大分薄汚れている。ホースで水をかけて洗剤でブラッシングしたら純白を取り戻すだろう。田村は丸一日を使って仕事終いの大掃除をする。段取りを考え順に行なっていく。汗を流すと冬の冷気が心地よい。

年が明けて春がくると入社一年が終わる。あと三カ月で田村の新人生活も終わる。井上は三月末をもってこの職を終わりにすると上申している。体調が思わしくないとの理由である。上層部では形式的な慰留を行なったようではあるが、本人の意思が優先された。

四月からは新人が来る。その日から田村は先導者にならなければいけない。すべての事務手続きを、すべての日常業務を、そして月末、年末、年度末集約についてを、新人に伝授する立場になるのだ。

落ち葉を集めながら胸の中でひとつずつ順を追って諸手続きの内容を確認していく。住宅使用料減免申請。住宅返還届。収入再確認申請。住宅使用権承継願。氏名変更届。名義人長期不在届。身体障害者駐車場返還届と次々にこの十カ月の事務記憶をたどっていく。

わずか十カ月であるが本当に多くの経験をさせられた。この経験を生かして来年は新人を抱えて事務所を守り通していくのだ。

東京都政はどうなるのか。新任してくる石原知事はどうなるのか。

二年目の任期中に二十一世紀が始まる。来年は、来期は、田村にどんな試練が待っているのか。ここはるつぼだ。人生のるつぼだ。

富士は朝日に輝いていた。

# あとがき

相模原市の文芸同人会で学習しています。作品を書き仲間の合評を受けます。趣味の会ですが参加する高齢者は真剣に書き読んでいます。会合は楽しく真摯に開催されています。

仲間に励まされ多くの駄作を発表してきました。長い人生の一里塚です。その中からの数編をこの短編集として広く世に出してみました。

読者の皆様が何を感じてくださるか完成前から不安と期待で胸をときめかせています。社会の片隅で生きた名もない庶民のささやかなつぶやきです。未熟な作品ですが私の生きた証しです。

制作にあたり、日本文学館のお世話になりました。宮崎氏・佐々木氏には多大な支援をうけました。文章基礎のない私には本当にありがたい勉強が出来ました。感謝いたします。

私の作品を読んだ多くの高齢者がご自分の作品集発行を決意してくれることを願っています。虎は皮を残します。生きた証しを残そうではありませんか。

そんな小さな一石になれば幸せです。

読者の皆様ありがとうございました。書き続けて生きてゆきます。

外狩雅巳

著者プロフィール

## 外狩《とがり》 雅巳《まさみ》

1942年、旧満州に生まれ、2歳で愛知県に引き揚げる。サラリーマン退職後、2000年3月に相模文芸クラブ設立に参加し、同人誌『相模文芸』を創刊、現在に至る。なお『組曲』『この路地抜けられます』『外狩雅巳作品集』等、単行本の発行も数多い。


## 十坪《とつぼ》のるつぼ

2010年10月1日　初版第1刷発行

● 著　者　外狩 雅巳
● 発行者　米本 守
● 発行所　株式会社日本文学館
〒160-0008
東京都新宿区三栄町3
電話 03-4560-9700（販）Fax 03-4560-9701

● 印刷所　株式会社平河工業社





ISBN978-4-7765-2295-9